Isolde ¾

eingeschneit

von Marika Thommen

Hast Du eigentlich schon was gesagt?

Es klopfte an meiner Tür. Müde öffnete ich die Augen und rollte mich auf die andere Seite. „Cleo wach auf!" rief es vor der Tür. Es war Spitzfinger Maddy. „Cleo, aufstehen! Cleeeeeeooooo." Ich konnte diesen Cleo gar nicht mehr hören. Cleo hier, Cleo da. Wusste eigentlich irgendeiner meinen richtigen Namen? „Komm schon Cleo, heute ist dein grosser Tag, unser grosser Tag!" Ich wollte keine grossen Tage, ich wollte schlafen. Dann war es ruhig. Ich lauschte. Ich hörte nur ein paar Geräusche im Kies. Ach wie nett, Cleo darf weiter schlafen. Ich mummelte mich ein und drückte mich tief ins Kissen. Da klopfte es wieder. Energisch, laut ganz in meiner Nähe. Maddy stand am Fenster und klopfte an die Scheibe. Sie hielt sich die Hand über die Stirn und schaute in mein Zimmer.

Dabei klopfte und klopfte und klopfte sie. Irgendwann wurde mir das zu bunt. Ich setzte mich auf, zog meinen blütenweissen Bademantel über, schlurfte zum Fenster und riss die helle Gardine zur Seite. Mit einem grimmigen Blick schaute ich auf das Nervenbündel am Fenster. „Oh Du bist wach?!" freute sich Maddy. Natürlich, die Gardine hat sich ja nicht von allein zur Seite gezogen. Maddy strahlte wie ein Apfelkuchen. Sie sah heute ganz anders aus. Ihre Haare waren wild, ihr Lippenstift blau, sie trug ein weisses Kleid in Kindergrösse und hatte blaue Stiefel bis zu den Knien. Um ihre Wespentaille hatte sie einen bunten Glitzergürtel gelegt und an ihrem Arm hingen etliche Armreifen. Sie winkte mir zu, obwohl ich ganz dicht vor dem Fenster stand. Ich winkte nicht zurück und machte nur eine Deutung auf meine nicht vorhandene Armbanduhr. „Es ist halb 6 Cleo." Klar, halb 6.

Was wollte denn Madame Nervenbündel am Morgen halb 6 von mir? Mit hängenden Schultern lief ich zur Tür und öffnete diese. Ich setzte mich aufs Bett und wartete. Nach einer Hundertstel Sekunde stand Maddy neben mir. „Cleooo." sagte sie gedehnt. „Cleo Cleo Cleoooo." wiederholte sie schnell hintereinander. „Bist Du auch so aufgeregt wie ich?" fragte sie mich. Ich war eher müde als aufgeregt. Aufgeregt müde sozusagen. Sie hatte mich aus einem Traum gerissen. Ich wollte ganz kurz noch überlegen was ich geträumt hatte, doch eine innere Stimme riet mir lieber aufzupassen. Maddy hatte die Angewohnheit wichtige Dinge zu sagen, die ich dann überhörte, weil ich mit eigenen wichtigen Dingen beschäftigt war. Maddy spulte den Tagesablauf hinunter. Frühstücken in 20 Minuten. Frühstücken halb 6 am Morgen? Ich verdrehte die Augen. An und in mir schläft noch alles. Punkt 6:30 Treffpunkt Bungalow. Dann würden wir abgeholt werden und gehen zum Styling. Am

Mittag ist die Show. „MaNiMa's grosser Auftritt!" Diesen Satz untermalte sie ausdrucksstark mit ihren Armen. „Also, Cleo, auf geht's!" An der Tür drehte sie sich nochmals zu mir herum. „Hast Du eigentlich schon was gesagt?"

Willkommen in Ägypten

Nein, hatte ich nicht. Ich hatte ja auch nichts zusagen, zudem kam ich, bei Maddy jedenfalls, nicht zu Wort. Mein Magen grummelte und ganz leicht übel war mir auch. Ich war nicht sicher, ob dies vielleicht an den unbekannten grünen und quietschroten Getränken von gestern Abend lag oder vielleicht auch an dem versehentlich bestellten Frutti de Mare Salat, der dann so gar nicht mein Fall war. Salat hatte ich schon gern, aber woher sollte ich denn wissen, dass dann dieser Salat mit vor an den Armen besetzten Saugnäpfen und weissen pappigen Kügelchen und harten Irgendetwas bestand? Die 3 grünen Salatblätter und die halbe Tomate waren noch das Beste am diesem Salat. Ich blinzelte auf die Uhr. Der Zeiger tickte ruhelos. Und ich schaute ihm zu.

Vielleicht war mir auch übel, weil heute mein, unser, MaNiMa' s grosser Tag war? Konnte ich mich verstecken? Ich zog mehrere Versteckmöglichkeiten in Betracht, verwarf diese aber wieder. Im Verstecken war ich noch nie gut. Wahrscheinlich komme ich auch gar nicht weit. Halb Venedig kannte mich inzwischen und halb Venedig ist bereits in Vorbereitung der Show. Oh Cleo, ähh Isolde, was hast Du Dir da wieder angelacht. Mir wurde grad noch etwas schlechter, als ich auf die Uhr sah. Der grosse Zeiger hatte sich schon wieder rasant nach vorn geschoben. Wie machen denn Uhren das immer? Halten sich nie an die Zeit. Ticken einfach so herum und überholen einen. Ich warf mich in eine Hose mit Gummibund. Die Hose sass satt, kein Wunder bei diesen Fress - Gelagen jede Nacht. Ich glaube, Maddy wollte mich mästen. Ständig hatte ich ein gefülltes Glas in der einen und Häppchen in der anderen Hand. Und ständig wurden irgendwo essbare Sachen aufgetischt und ein Festessen daraus gemacht. Also, essen ist ja schon toll, dachte ich. Und es gab auch überall Kuchen, okay, kein Käsekuchen, aber in den Zuccotto hab ich mich verliebt. Der besteht aus Schlagsahne und Schokolade. Ich leckte mir die Lippen und schloss die Augen. Halt! Isolde, Augen auf! Okay, ich riss die Augen auf. Blick auf die Uhr. Die Zeiger der Uhr hatte sich inzwischen bedrohlich verschoben. Mist, dachte ich. Ich musste mich wieder einmal beeilen. Oberteil drüber und los. Ach, Zähne putzen wäre auch noch gut. Also, schnell geschruppt, Spiegel und Pullover vollgespritzt. Jetzt aber. Oh nein, Schuhe fehlten. Ich schlüpfte in die Hotel -Pantöffelchen, was anderes hatte ich grad nicht zur Hand. Haha, ich lachte. Ich hatte etwas für den Fuss nicht zur Hand. Ich wollte darüber nachdenken, aber meine Beine liefen schon los.

Das Frühstück hatte ich verpasst, so traf ich aber dafür fast pünktlich in Maddys Bungalow ein. Nur einen Augenblick zu spät. Das war Rekord, dachte ich. Aber Spitzfinger und Kahlkopf MaNiMa standen bereits parat. MaNiMa legte mir den Arm um den Hals und küsste mich auf die Wangen. „Buongiorno bella Cleo." Er schob mich auf das Schnellboot welches bereits mit laufendem Motor auf uns wartete. Mit hoher Geschwindigkeit raste das Boot auf dem Wasser. Hätte ich eine Perücke auf dem Kopf getragen, wäre diese bereits davon geflogen. Wir sassen eng beisammen. Bei jeder engen Kurve rückten wir noch enger zusammen. Maddy, MaNiMa und ich. Ich sass in der Mitte. In der Linkskurve hockte mir MaNiMa auf dem Schoss und in der Rechtkurve besuchte mich Maddy. Beide waren Fliegengewichte. Ich hatte Angst um die beiden. Wahrscheinlich wussten sie, dass sie hätten davon fliegen können, denn sie hielten sich links und rechts fest.

Ich hingegen sass bombenfest auf meinem Platz. Alle machen einen Satz nach vorn, als das Boot plötzlich stoppte. MaNiMa erhob sich als Erster, nahm meine Hand und zog mich ans Ufer. Galant folgte Spitzfinger und das Schnellboot raste wieder davon. Designergott MaNiMa schob die Plane eines grossen weissen Zeltes beiseite und sagte: „Willkommen in Ägypten."

Ich brauche einen Schnaps!

In diesem Zelt herrschte ein unglaubliches
Gewusel. Hier waren wahnsinnig viele Leute.
Aber scheinbar hatte jeder eine Aufgabe und
wusste was zu tun war. Es wurde geschnattert,
gelacht, ausgerufen und gehämmert. Es war
warm und roch süsslich. Meine Übelkeit machte
sich wieder bemerkbar. Alle hier waren in
Vorbereitung der Show und auch ich sollte
vorbereitet werden. So nahm man mich gleich in
Empfang und brachte mich in einen ruhigeren
Bereich. Ich fühlte mich mit dem Getümmel
überrumpelt und mein Herz schlug einige Takte
schneller. Man drückte mich auf den Stuhl, vor
einen Spiegel und brachte mir einen Kaffee. Dann
liess man mich allein. Ich schaute mich um und
inspizierte meine Umgebung. Die hektischen
Vorbereitungen waren in vollem Gange.

Überall hingen Kleider. Models wurden gestylt und sassen mit grossen Wicklern im Haar vor Tuben, Dosen, Schachteln, Kisten und Schatullen, Pinseln, Schwämmchen, Bürsten, Klammern, Lockenstäben und grossen breiten Haartrocknern. Ich atmete hektisch und meine Übelkeit stieg in den Hals. Ich nahm einen grossen Schluck vom Kaffee und atmete tief ein und aus. Ich klöpfelte auf mein Herz, als könnte ich mich so beruhigen. Einige Models probierten bereits ihre Outfits an und drehten sich vorm Spiegel. Ihre Outfits waren gewagt, fand ich. Da aber ihre spindeldürren Körper kaum Rundungen einer Weiblichkeit vorweisen konnten, sah ich, wie sie wahrscheinlich auch, kein Problem, diese Kleidungsstücke (konnte man das eigentlich Kleidung nennen?) zu tragen. Zudem trugen sie alle auf dem Kopf den gleichen goldenen ägyptischen Kopfschmuck. Ein breites verziertes Haarband mit langen goldenen Perlen. Eine Hand legte sich auf meine Schulter.

„Aufgeregt?" Spitzfinger Maddy. Sie brachte mir,
wie auch schon die Tage zuvor, Häppchen und ein
Getränk mit. Diesmal sei es kein Alkohol, betonte
sie. Aufgeregt? Also aufgeregt war gar kein
Ausdruck. Ich hatte sogar Angst. Angst vor dem,
was auf mich zukommen würde. Es sammelte
sich bereits Angstschweiss an meinen Schläfen.
„Ich erkläre Dir den Ablauf." sagte sie und setzte
sich auf den kleinen Hocker neben mir. Ich schob
mir ein Häppchen in den Mund und hörte kauend
zu. „Du wirst gleich geschminkt, gestylt und
bekommst Dein Outfit. Dann hole ich Dich ab und
los geht's." Ich solle mir keine Sorgen machen.
Und dann kamen auch schon meine Stylisten.
Zuerst einmal, so sagte Maddy, soll ich meine
Kleidung abziehen. So verschwand ich hinter
einem Vorhang. Pullover und Gummibundhose
stopfte ich in einen Stoffbeutel, welcher mit Cleo
angeschrieben war. „Alles!" rief sie mir nach. Es
läge schon etwas zum Anziehen da. Und ja, es
lagen 2 Stoffteile, es sollte wohl Unterwäsche sein,

17

für mich bereit. Eine Unterhose, welche mir bis zum Bauchnabel ging und ein knappes Bustier aus Leder. Oh Gott, ich wollte weinen. Maddy reichte mir einen Seidenmantel hinter den Vorhang. „Zieh das drüber." gab sie die Anweisung und verschwand. Schweigend setzte ich mich im Mäntelchen wieder auf den Stuhl im Frisierbereich und die Stylisten legten los. Der eine glättete meine wirren Haare und der andere schminkte mich. Dabei tauchte er immer wieder in irgendwelche Töpfchen. Er cremte, strich und schmierte in meinem Gesicht herum. Die beiden redeten kein Wort. Also sie redeten schon, beide redeten, wie ein Wasserfall sogar, aber nicht mit mir. Mein Aussehen veränderte sich zusehends. Mit –Finito – beendeten „meine Stylisten" ihr Werk. Zwar war ich überrascht, wie man einen Menschen so verändert konnte, dennoch war ich absolut schockiert. Mein Gesicht war weiss getüncht und gleichzeitig bunt, meine Augen und Lippen waren tiefschwarz umrandet. Mein

Wangenrouge war dunkelrot, meine Lider blau und schwer durch die künstlichen Wimpern. Meine Augenbrauen hatten sie abrasiert und durch einen fetten schwarzen Strich ersetzt. Zudem malte mir mein Gesichtsstylist einen fetten schwarzen Fleck an mein Kinn. Wofür sollte das denn gut sein? Erstarrt schaue ich auf mein Spiegelbild. Gott, ich sah so schrecklich aus. Das soll Cleopatra sein? Ich war sprachlos. Nur meine Frisur war schön. Ich hatte aalglattes Haar, Henna rot gefärbt und auf dem Kopf trug ich ein goldenes Diadem mit einer Kobraschlange. Mein Blick aber wanderte immer wieder in mein Gesicht und fixierte mein Kinn. Ob ich am aufgemalten Leberfleck reiben sollte? Ich wollte den überhaupt nicht! Aber ich wusste, was ich stattdessen brauchte: einen Schnaps!

Ich brauche einen zweiten Schnaps!

Nach einer gefühlten Ewigkeit kam Maddy wieder an meinen Platz. Sie kaute hartnäckig auf einem Kaugummi herum, begutachtete akribisch mein Gesicht und meine Frisur. „Ausgezeichnete Arbeit." fiel ihr murmelte sie. „Gefällt es Dir?" fragte sie mich. Und ihre Frage war wirklich ernst gemeint! Sie starrte mich an und kaute hartnäckiger. Ich biss auf meine Lippen. Sonst hätte ich sicher angefangen zu weinen. Maddy wartete mein Geheule nicht ab sondern sagte: „Du kannst jetzt Dein Outfit anziehen, es hängt auf der Kleiderstange hinter dem Vorhang." Sie zeigte auf meinen Umziehbereich, wo ich mich schon meiner gewohnten Garderobe entledigte. Meine Glieder waren steif. Steif vor Angst, vor Anspannung und vor aufgemaltem Leberfleck Schock.

Wie in Trance lief ich hinter den Vorhang. Doch da war kein Outfit, kein Kleidungsstück, welches ich hätte anziehen können. Lediglich mein Wäschesack und ein Tuch hingen dort. „Hier ist nichts!" rief ich aus meiner Umziehhöhle heraus. „Natürlich Cleo, ich habe es selbst dorthin gehängt!" Ich schaute mich um, konnte aber tatsächlich nichts finden. Umziehbereit hatte ich bereits den Seidenmantel und meine Pantöffelchen abgezogen. Nun tappte ich in geliehener Unterhose und knappen durchsichtigem Tüll Bustier hinter dem Vorhang hervor. „Also, tut mir leid, aber ich finde nichts." Maddy musterte mich. „Wieso nicht?" Ohne eine Antwort abzuwarten stakste sie hinter den Vorhang und reichte mir den Kleiderbügel mit dem Tuch. „Da ist es doch." sagte sie vorwurfsvoll. „Cleo, Du solltest Dich etwas beeilen, wie sind schon alle ready." Sie hielt ihr Handy ans Ohr und flüsterte: "Ich komme Dich in 5 Minuten holen. Du brauchst nicht länger, es gibt nicht viel zum anziehen." Dann lief sie schnatternd und gestikulierend davon. Ich nahm den Lappen vom Bügel und breitete „mein Outfit" aus. Es war ein viereckiges Stück Stoff, mit einer goldenen Kante und einem Loch in der Mitte. Und es war durchsichtig. Mit 2 Fingern hielt ich das Teil in die Höhe. Keiner hätte erahnen können, dass es sich hierbei um ein Kleidungsstück handeln sollte. Das war der Zeitpunkt, an dem ich einen zweiten Schnaps brauchte.

Art of modern Egypt

Zögerlich stülpte ich dieses Tuch über meinen Kopf. Es reichte mir bis zu den Knien und bedeckte nur knapp meine Schultern. Was mir allerdings mehr Sorge bereitete, war die Tatsache, dass es durchsichtig war. Ich zupfte an dem Überwurf herum, damit es nicht so anliegend war, aber zwischen Tuch und meinem Körper war nicht besonders viel Spielraum. Ich zog mir das Seidenmäntelchen wieder über und meine Pantöffelchen an und wartete auf dass, was da kommt. Maddy kam. Ich folgte ihr nach draussen vor das Zelt. Dort wurden Models sortiert und aufgestellt. Die Models hatten allesamt Riemen - Stiefel an, mit einem dicken hohen mächtigen Absatz. Ich staunte. Ich hatte meine Pantöffelchen an den Füssen und war froh, nicht so Ungetüme tragen zu müssen. Allerdings entdeckte Maddy meine Pantöffelchen. „Ausziehen, schnell!" kam ihr Befehl. Sie zupfte am Seidenmäntelchen: "Das auch!" Ich schüttelte energisch den Kopf. Auf keinen Fall das Mäntelchen. Grimmig schaute Maddy auf mich. Sie löste einfach den Gürtel und wollte selbst Hand anlegen. Mit beiden Händen hielt ich den Mantel zu. „Cleo was soll das? Die Show beginnt und Du bist nicht bereit!" Von Weitem hörte ich MaNiMa. Er zupfte an den Models herum und gab hie und da noch eine Anweisung. Mit einem Klaps auf den Po und cinem „Go" wurde dann ein Model nach dem anderen auf Lauf geschickt. „Cleo, Du bist unser Hauptakt. Wir haben doch alles besprochen." Jaaaa, Maddy hatte zwar alles gesprochen, aber ich hatte nicht zugehört. Tja, mein Fehler. Also warf ich meine Pantöffelchen von den Füssen und zog missgelaunt mein Mäntelchen ab. In der Sonne konnte man meine Speckrollen, Dellen und Abdrücke gut sehen. Die geliehene Unterhose war eng und quetschte alles ab und da gab es Einiges zum abquetschen. Mein Angstwurm sass mir im Hals. Ach, sagte ich mir plötzlich, spiel einfach mit, das ist wie ein Film. Bist halt heute mal eine Schauspielerin. Zudem interessierte sich hier keiner für meine Figur, meinen Schwabbelbauch, alle waren mit sich selbst beschäftigt. Es kennt Dich ja hier so quasi auch keiner. Sie kannten ja nicht einmal meinen richtigen Namen. Am Boden stand ein kleines Holzfloss, ägyptisch bemalt und golden verziert. Links und rechts waren lange Holzstangen angebracht. In diesem Floss hatte es eine schmale Holzbank. „Los, steig ein!" Maddy war nun recht streng mit mir. Wortlos und mustig setzte ich mich in dieses Holzteil. Ich hatte jetzt aufgegeben und wollte nun alles tapfer über mich ergehen lassen. Sekunden später kamen einige junge braungebrannte Männer in knappen weissen Wickel - Shorts und weissen Tüchern auf dem Kopf angerannt. MaNiMa rannte mit. Er begutachtete mich, nickte anerkennend, klopfte

27

auf das Holzschiffchen. „Go!" Ich, also das Holzschiffchen und ich, wurden in die Höhe gehoben. Es schaukelte etwas und genau so schaukelte mein Herz. Ich hielt mich an den Kanten fest. Jetzt geht's los, dachte ich und wollte mich vor Angst übergeben. Je 2 Männer auf jeder Seite trugen diese Sänfte. Auch hinten lief ein männliches Wesen in Wickelhöschen mit einem grossen Palmwedel und begann zu wedeln. Ich drehte mich hilflos nach Maddy um: „Muss ich irgendwas tun?" Sie rief etwas zurück.

„Was?!" Ihre Antwort klang wie - sinken -. Ich rieb mir die Stirn. Sinken? Trinken? Waaaaas?? Ich überlegte. Sprinten? Stinken? Nee. Winken? Winken! Klar winken! Ich muss winken. Also das schaffe ich bestimmt. Ich holte tief Luft, zog den Bauch an, was zwar nicht viel brachte, dachte nicht an meinen halbtransparenten Oberkörper und winkte. Meine Reise „Art of modern Egypt" begann.

Sind wir schon da?

Sie begann und endete mit einem sehr lauten tiefen Gongschlag. Er hallte lange nach und summte in meinen Ohren. Eigentlich gongte es die ganze Zeit, unentwegt. Beim ersten Gong erschrak ich. Etwas weiter vor mir liefen 2 Männer. Einer von ihnen zog einen kleinen Wagen. Darauf stand eine grosse goldene Scheibe. Die zweite Person schlug in bestimmten Abständen mit Kraft auf die Scheibe, wie auf eine grosse Metall Pauke und es gongte gewaltig laut. Und beim ersten Gong wurden wir alle in den Bann gesogen. Ich auch. Absolut. Denn als wir aus der Gasse auf den Markusplatz schritten, also ich wurde ja getragen, von meinen 4 wunderbaren stattlichen männlichen Wesen, wurde ich aufgesogen.

In den Bann der Fantastischkeit, der Festlichkeit und des Schauspiels. Ich kann Euch sagen, es war grandios. Es war so überwältigend, dass ich vor Schreck und Anspannung vergass zu winken. Der nächste Gong erinnerte mich aber wieder daran. Beidseitig des Zuges säumten Menschenmassen den Platz, sie schrien, klatschen und jubelten. Sie kreischten mir zu und schrien immer wieder. Cleo! Cleo. Sie zeigten auf mich und winkten. Ich winkte erstarrt zurück. Sie warfen mit Blumenblüten und kleinen Fläschchen aus Plastik. Viele landeten in meiner Sänfte. Auch kleine Cleo – Püppchen fielen mir in den Schoss. Wir durchquerten Bögen aus Feuer und es wurden Kanonen auf uns gerichtet. Daraus flogen nach einem lauten Knall Blumen und Blüten in allen Farben. Alles war bunt. Ich drehte mich herum. Hinter mir lief der Palmwedler und wedelte und hinter ihm lief MaNiMa und winkte den Zuschauern. Neben ihm lief Maddy.

Die Leute bejubelten ihn und mich auch. Das war ein sehr ungewohntes Bild. Ich war der Mittelpunkt und ich glaube, MaNiMa machte heute nur den Zweiten. Bunt geschminkte Jongleure mit Masken auf Stelzen säumten die Strasse und kamen auf mich zu. Sie umarmten mich und überreichten mit eine Blumenkette. Sie waren auf ihren Stelzen so gross, dass sich noch fast zu mir in meine Sänfte hinunter bücken mussten. Ich war völlig überwältigt. Aber, irgendwie gewöhnte ich mich auch an das Gekreische meiner Fans und mein Herz pochte nicht mehr in meinem Hals, sondern rutschte wieder ein Stück in die vorgesehene Richtung. Mein rechter Arm tat schon weh vom Winken, so wechselte ich. Ich winkte freundlich, aber zurückhaltend, schliesslich war ich Cleopatra. Cleopatra hatte Durst und öffnete beim nächsten Gong so ein kleines Plastikfläschchen. Sangria stand drauf und Sangria schmeckte gut. Etwas warm, aber süss.

31

Bei jedem weiteren Gong trank ich ein kleines Fläschchen leer. Nachschub gab es ja genug, die Leute warfen mir diese Fläschchen in die Sänfte. Wenn sie in meine Sänfte trafen, ging ein Freudenschrei durch die Massen. Ich schaukelte so also vor mich hin, winkte, lächelte und war begeistert. Wir durchschritten einen weiteren Bogen, kleine Feuersterne glitzerten und zischten über mir. Ich kam mir etwas vor wie auf einem Schiff. Wie auf sanften Wellen. Zwischen meinen Füssen tummelten sich Sangriafläschchen, Blumen und kleine Cleopüppchen. Fröhlich winkte und schaukelte ich. Da entdeckte ich Feuerspucker, die ihre Künste zu besten boten. Auch denen winkte ich zu. Meine Mundwinkel hatten sich inzwischen schon weit auseinander gezogen und blieben dort. Ich zeigte ihnen den Daumen nach oben und winkte weiter. Ich winkte vielleicht nicht mehr so koordiniert, denn ich war etwas kraftlos von der ganzen Winkerei.

Aber ich war tapfer. Leider hatte ich nur 2 Arme und könnte nur mit der linken und rechten Hand abwechseln. Leger lag ich schräg in meiner Sänfte, die Beine von mir gestreckt. Noch immer standen Massen von Zuschauern und waren begeistert. Meine Muskelpakete in Windelhöschen trugen mir sicher durch die Massen. Dem einen, zu meiner Rechten, welcher mit an der Kopfseite trug, tätschelte ich die Schulter. „Bravo, Bravo." Aber er reagierte nicht. Ich stupste ihn an. Seine Schulter war hart wie Stein. Ich pikste mit meinen Fingern. Keine Reaktion. Erst als ich ihm mit einem Fläschchen Sangria auf seiner Schulter klopfte und „Hallo" rief, warf er mir einen steinernen Blick zu. „Auch n Slücksen?" Mhhh hörte sich so falsch an, das Wort. Ich versuchte es nochmals. „Sssssschhhhüüüüüückchen!" Hicks. Oh, pardon. „Okay okay!" abwehrend hob ich die Hände. Dann halt nicht.

Ich kicherte und hickste. „Trink ich den halt selbst. „Ätsch Bätsch" machte ich zum Windelhöschenträger und streckte meine Zunge raus. Ich schüttete das rote süsse Zeug in mich hinein und leckte meine Lippen. Ach, war das herrlich. Überall hörte ich „Cleo". „Ja, ja." rief ich und winkte ab und zu sporadisch. Ich konnte doch nicht die ganze Zeit winken. Schliesslich bin ich Cleopatra. Sporadisch hickste ich auch. Es schaukelte oder ich schaukelte immerzu.
Wieviele Stunden liefen wir eigentlich schon? Ich klopfte dem Windelträger zu meiner Linken auf den Kopf. Ich wusste, diese Fleischklopse reagieren eh nicht so schnell, darum schlug ich gleich fester. 2 x mit der flachen Hand auf den Kopf. Also damit er gleich reagiert, dachte ich. Ich rief ihm zu: "Sind wir bald da?" Und tatsächlich, er reagierte. „Lasciami solo." zischte er. Er schien von meiner Frage nicht begeistert. Ohh, ein Weichei. Ich kicherte. Sah gar nicht so weich aus. Ich hickste und zog meinen Kopf wie eine

Schlange zurück. Dann überlegte ich kurz, ob ich ihm als Wiedergutmachung ein Fläschchen Sangria anbieten sollte. Ach nein, ich trink es lieber selbst, entschied ich. Nach ein paar weiteren Fläschchen wurde ich schläfrig. Die Sonne schien mir auf den Kopf und streichelte meine Haut. Sie wollte mich entführen, in das Land der Träume und machte gute Arbeit. Nur dieser laute Gong riss mich immer wieder zurück, sonst hätte ich die Schwelle in meine Träume überschritten. So winkte ich mit schläfrigen Augen, zog eine Grins Grimasse und schaukelte mit den Bewegungen mit, bis der nächste Gong meine Augen wieder aufreissen liess. Oh ich war so müde! Könnten wir jetzt nicht einmal irgendwo ankommen? In Ägypten? Ich meine, so gross konnte das Land ja wohl nicht sein. So gerne wollte ich jetzt in einem weichen Kuschelbettchen liegen. Ich lag ja schon so quasi, aber die Sänfte war eng, hart und unbequem. Durch meine halb geöffneten Augen konnte ich immer noch viele Menschen erkennen, welche applaudierend den Platz säumten. Sie jubelten und winkten und warfen goldene Pailletten nach mir. Vor mir konnte ich eine Pyramide erkennen. Weit standen ihre Tore offen. Vor der Pyramide standen Windelträger mit Fächer und auf einem Thron eine alte Frau. Oh, diese Frau kannte ich. Wie kam denn Frau Kramer hierher? Sie hatte eine Katze auf dem Schoss. Herbert? Das war sicher eine kostspielige Sache. Ein Windelträger reichte Frau Kramer eine Tasse. Dann winkte sie mir zu. „Cleo!" rief sie. Wollen Sie auch einen Tee?" „Ich bin gleich da!" rief ich ihr zu und winkte ebenso. Ich stand auf einem Schiff, ganz vorn am Bug. Es war angenehm, wie der Wind in meine Haare bliess und die Sonne mich streichelte. Langsam schaukelte das Boot zum Ufer. Als es wohl am Ufer anstiess, erschrak ich beim Aufprall. Ich hielt mich rasch an der Reling fest und öffnete meine Augen. Meine Hände umklammerten den Rand des Bootes. Das ging aber jetzt schnell.Aber ich lag in der Sänfte, abgestellt im Zelt. Ein Boot war weit und breit nicht in Sicht. „Sind wir schon da?" fragte ich verwirrt und irgendwo gongte es.

Ich bitte!

Und genauso, wie ich nach Venedig flog, flog ich auch wieder zurück. Also nicht ganz genauso, ich hatte zum Bespiel andere Kleider an. Aber ich hatte wieder einen dicken Kopf. Meine nie kaputt gehen dürfende Sonnenbrille sass fest auf meiner Nase und ich wollte weder etwas sehen noch hören. Ich hoffte inständig, dass mein Magen ruhig blieb. Diesmal sass ich am Fenster. Zur Not hätte ich das Fenster öffnen können, falls sich mein Inhalt selbständig machen wollte. Warum nur hat mir keiner den Sangria weggenommen, oder ausgetauscht, in Sirup, oder Tee oder, keine Ahnung. In alle anderen Flüssigkeiten, aber keinen Sangria. Meine Güte, der war auch so verdammt lecker. An den Sangria erinnerte ich mich sehr gut. Auch an den Umzug, also an den grössten Teil des Umzuges, an den ersten Teil wahrscheinlich. Es kamen mir so komische Szenen in den Kopf. Hatte ich tatsächlich einem Windelträger Sangria über die Schulter geschüttet und sie dann abgeleckt? Nein, stopp! Das kann nicht sein. Weil, so etwas würde ich nie tun. Ich wischte den Gedanken aus meinem Kopf. Aber irgendwie sass der fest. Ich kramte in meinem Hirn. Was war denn gestern geschehen? Ich hatte keine und wirklich absolut keine Ahnung, wie ich nach dem Umzug in meine Unterkunft kam, ob ich dort überhaupt ankam. Keine Ahnung, wo ich die Nacht verbrachte und keine Spur von einer Ahnung. Ich erinnerte mich nur, dass Maddy mich vom Boden aufzog (hatte ich doch nicht im Bett geschlafen) Darüber wollte ich erst einmal nachdenken. Ich kramte nach Erinnerungen. Undeutlich kamen die letzten Szenen vor meine Augen. Ich lag tatsächlich im Gras. Ringsherum waren viele Leute, ich glaube, ich war auf einem Fest. Ich kaute an einer Hähnchenkeule. Ah, dann hatte ich doch wenigstens etwas gegessen. Gut gemacht Isolde. Ich erinnerte mich an Musik, laute Musik, ich musste getanzt haben. Und ich sah gefüllte Teller vor mir und gefüllte Gläser. Hatte ich etwas noch mehr getrunken? Und dann sah ich auch MaNiMa. Er kam auf mich zu und nahm mich in den Arm. Wir tanzten zusammen, dann küsste er mich, oder ich ihn. Oder, wie bitte? Niemals! Haha, also jetzt ist aber gut. Ich machte mich ganz klein und blickte mich rasch um. Nicht, dass noch einer hier im Flugzeug meine Gedanken sehen könnte! Doch mich beobachtete niemand, ausser einem kleinen

Mädchen 2 Reihen vor mir. Aber ganz deutlich erinnerte ich mich an Maddy. Sie zwickte mich immer wieder in die Arme und spritzte mir irgendwas ins Gesicht. Ich sollte aufwachen, wir müssten gehen. Wohin denn nur? Sie zog an meinen Armen und Beinen. Dann kam noch jemand. War das ein Windelträger? Jedenfalls schien er stark zu sein, er lud mich auf seine Schultern und setzte mich in den Sitz des Schnellbootes. Maddy gurtete mich doppelt an und hielt mich am Handgelenk fest. Wie in einem Schraubstock. Oh Gott, hatte ich nicht aus dem Schnellboot gekotzt? Ich sah die Bilder nicht so deutlich vor mir, aber Maddy schien mir ein Taschentuch gegeben zu haben. Ich tastete in meiner Manteltasche. Da fühlte ich auch etwas. Oh nein, meine Gedanken hatten wohl Recht. Und ich wusste, dass ich mit einem Taxi gefahren sein musste. Denn diese Taxirechnung hielt ich immer noch in meinen Händen. Ich hatte noch das Kreischen und Jubeln der Zuschauer im Kopf, die lauten Gongs und die Rufe nach Cleo. Sogar hier im Flugzeug hörte ich es noch. Cleo! Cleo! Ich öffnete ein Auge und schob meine Brille auf die Stirn. Schräg 2 Reihen vor mir sass das kleine Mädchen, und winkte mir zu. Auf dem Kopf trug sie einen arabischen Kopfschmuck, so einen, wie auch ich gestern als Cleopatra trug. Hatte ich ihn überhaupt noch auf? Ich tastete ganz vorsichtig auf meinem Kopf herum. Nein, da war nichts, ausser Haarkraut. Ich winkte dem Mädchen zurück, welches sich darüber freute. Sie hatte ein Cleopüppchen in der Hand und wackelte damit hin und her. Ahja, die Cleopüppchen. Ich wollte morgen nochmals intensiver in meinem Hirn kramen, momentan haben da nicht so gute Erinnerungen hoch. Heute wollte ich wieder einmal nur noch sterben. Mir war schlecht. Meine Körperflüssigkeit musste zu fast 100 Prozent aus Sangria bestehen. Mein Kopf lehnte an der Scheibe des Flugzeuges. Als wir abhoben murmelte ich: „Machs gut Ägypten, machs gut

Cleo." Ich seufzte und dachte nach. Eigentlich war es doch schön. Es war so spannend, so aufregend, so anders. Es war ein ganz anderes Leben als wie ich es kenne. Maddy und der verrückte MaNiMa. Ich lächelte. Ich hatte sie lieb gewonnen. Sie waren halt so, wirr, aber liebenswert, irgendwie. Ich holte tief Luft und versuchte zu schlafen. Es gongte, wieder einmal, und die Durchsage: „Heute haben wir für Sie etwas Besonders, liebe Gäste." Ich hörte beiläufig zu. „Der Kapitän hat Geburtstag und spendiert Ihnen ein Gläschen Sangria." Jetzt war ich wieder wach. „Wer Sangria möchte, bitte einfach melden." Oma sagte immer: Man soll mit dem anfangen, womit man aufgehört hat. Ich streckte meinen Hand nach oben. „Hier, ich bitte."

Gut, dass ich nur in Venedig war

Erschöpft kam ich zu Hause an. Ich legte mich ins Bett und schlief erst einmal meinen Rausch aus, also alle meine Räusche. Als ich aufwachte, war es bereits Abend und ich fühlte mich stark und fit. Ich begann meine Taschen und Koffer auszuräumen und fand als erstes einen Ring. Einen Ring zischen meinen Hosen und T-Shirts. Was? Ich erstarrte. Was war das um Himmels willen für ein Ring? Was wusste ich da wieder nicht? Es war ein schöner schmaler silberner Ring. Okay. Ich überlegte angestrengt wem er wohl gehören mag. Er passte mir jedenfalls perfekt. Das wiederrum irritierte mich noch mehr. Noch immer hatte ich den letzten Abend nicht so bildlich und zusammenhängend vor mir und irgendwie hatte ich auch etwas Angst, diesen so deutlich vor mir zu sehen. Aber an einen Ring konnte ich mich partout nicht erinnern. Ich hielt

ihn dich vor meine Augen und erkannte eine

Gravur. „Amore". Ich stiess einen Schrei aus und

warf den Ring im hohen Bogen gegen die Wand.

Er klimperte und rollte dann unters Bett. Zuerst

ärgerte ich mich, dass er unters Bett rollte.

„Siehst Du, Mutter, nur, weil Du immer an

meinem Matratzenlager herum genörgelt hast,

habe ich ein Bett gekauft. Früher konnte nie

irgendwas unters Bett rollen. Und dann ärgerte

ich mich, weil ich absolut keinen Plan hatte, was

da am letzten Tag geschehen war. Okay, einfach

ausblenden Isolde. Bild Ring: löschen. Ich

sortierte weiter. Ich fand auch den Kopfschmuck,

welchen ich als Cleo trug. Der war toll. Ich freute

mich über das Andenken. In meinen in Venedig

neu erworbenen teuren Taschen fand ich bis

obenhin Cleo - Püppchen. Es waren sicher 50

Püppchen, die alle gleich aussahen. Schwarze

Haare, mit Kopfschmuck, Schlange um den Hals

und roten glänzenden Stoffkleid. Bisschen viele

Andenken, dachte ich, denn ein Püppchen oder 2 hätten da auch gereicht. Wer eigentlich hatte meine Taschen gepackt? Auch daran erinnerte ich mich keineswegs. Meine Güte Isolde! Ich schimpfte innerlich mit mir. Aus meinen Koffer zog ich als erstes einen weissen Fetzen. Was war denn das wieder? Ich breitete es aus. Es war ein weisses Höschen in Wickeloptik. Mir stieg Hitze ins Gesicht. Das war doch so ein Windelhöschen wie meine Träger der Sänfte trugen. Es war sogar signiert! Lesen konnte man es zwar nicht, aber es war eine Unterschrift drauf gekritzelt. Eindeutig. Hatten Ring und Windelhöschen etwas miteinander zu tun? Oh Isolde! Vielleicht sollte Dich doch jemand über den Abend aufklären. Oder der Abend sollte sich in Luft auflösen und verdampfen. Wie am Computer. Datei: löschen. Ich stopfte alles in eine Kiste, schrieb diese mit Cleo an und schob sie neben mein Bett. Dort stand sie erst einmal gut.

Dann klingelte mein Telefon. Elena rief an. „Hey Isolde, bist Du gut zu Hause angekommen? Ich hab schon einige Male versucht Dich zu erreichen. Hast Du geschlafen?" Sie schien neugierig. „Wie war es in Venedig? Hast Du Dich amüsiert?" Oh ja, das hatte ich. „Und wie!" antwortete ich. „Bist Du mit einer Gondel gefahren? Hast Du lecker gegessen und getrunken? Ach es ist so herrlich in Venedig. Die Sonne, das Wasser, die Menschen... Mansch erzähl doch mal" „Ja, die Menschen sind toll." Was genau sollte ich Elena denn jetzt erzählen. Sie war immer so anständig, so akkurat und korrekt. Ich kürzte also rabiat ab: "Es war toll in Venedig. Ich habe viel gesehen und erlebt, es war aufregend und so ganz anders. Danke nochmal, dass Du mir diese Reise geschenkt hast." Elene schien zufrieden, redete noch über Dies und jenes, über Maxi und darüber, dass sie ein zweites Kind planen. Planen wohlgemerkt. Ich plane nie etwas. Für mich musste das Leben überraschend sein.

Elena mag keine Überraschungen, sie mag Pläne. Wahrscheinlich plant sie auch das Abendessen und geht mit Einkaufslisten einkaufen. Ich mache den Kühlschrank planlos auf und da findet sich immer etwas. Aber, ich hatte ja auch keinen Mann, ich musste nur mich verköstigen. Als Elena feststellte, dass ich ihr scheinbar gar nicht zuhörte und, so sie, genug geplaudert hätte, wünschte sie mir eine gute Woche und legte auf. Dann klopfte kurz darauf es an der Tür. „Ich bin, Frau Isolde, Magdalena!" Oh meine liebe junge quirlige Polin. Ich öffnete ihr. Maddalena zauberte wieder einmal. Und zwar 2 kleine Fläschchen Sekt aus ihrer Tasche. Zaubern konnte sie gut. Sie schwenkte sie hin und her und sagte: „Willkommen in Haus, Frau Isolde." „Schon wieder Alkohol?!" Magdalena stellte die Flaschen auf den Tisch. „Also ich schon lange keine Tropfen Alkohol, Frau Isolde."

„Ja, Du nicht." murmelte ich und holte 2 Gläser aus der Küche. Magdalena sass schon auf dem Sofa. „Hast Du Mann gefunden?" fragte sie. Typisch, Magdalena schoss immer gleich mit Kanonen auf Spatzen. „Wo sollte ich denn einen Mann finden?" Ich schaute sie verständnislos an. „Nu in Venedig!" Magdalena lachte. Sie hatte auch gut lachen. Sie hatte sicher keine Mühe Männer zu finden. Sie war frisch und herzhaft, sie war jung und adrett. Ihre Ausstrahlung war besonders. Sie war wie eine Rose im Wald. „Dort so alles viele heiss, oder Frau Isolde? Auch Männer." Mh ich hatte da gar nicht so auf heisse Männer, also überhaupt auf Männer geachtet. Wir kicherten wie kleine Kinder und tranken unseren Sekt leer. Als die 2 kleinen Fläschchen geleert waren, zauberte Magdalena, wie sollte es auch anders sein, 2 weitere Sektfläschchen aus der Tasche. Ich verdrehte die Augen. Sie lachte. „Muss immer geniessen Frau Isolde, nicht viel denken, geniessen."

Sie schenkte grosszügig ein. „Und jetzt reden von Weltreise in Venedig." Und da begann ich zu erzählen. Von Anfang an. Von der Taxifahrt zum Flughafen, den Oliven in meinen Taschen, dem Flug und meiner Flugangst, der Ankunft in Venedig und von meinem Schnäppchenkauf. Magdalena wollte meine Schnäppchen sehen und befühlte die Taschen. Sie nickte anerkennend. „Hübsch für Dich, Frau Isolde." Ich erzählte ihr alles. Vom Kampf um die Liege am Pool, vom Sonnenstich und natürlich von MaNiMa. „Waaas? Du kennst MaNiMa?" MaNiMa!? Bist Du sicher?" Ich war verwirrt. Ja, ich kannte ihn. Wieso aber kannte Magdalena ihn? Ich hatte ja den Namen in Venedig zum ersten Male gehört. „Also ja, wenn dass der MaNiMa ist, den Du meinst, dann ja." „Ist grosse Designer?" fragte Magdalena und verschränkte ihre Finger. „Ja, also so gross war er nicht."

„Er ist so tolle Mann, ich viel liebe ihn. Aber ich denken, er lieben nur Männer." Ich lächelte, denn ich wusste es besser. Oh war der Ring vielleicht von ihm? „Hat gerade gemacht Show in Venedig. Muss viele gross und, wie sagt man, fantastisch." Magdalena schwärmte: „Oh ich auch gern bin so eine schöne Model und kann laufen in Show von MaNiMa. So schöne Kleider und viele bunt und viele so Klimbim, ach so schön muss sein." Magdalena schaute mich an. "Hast gehört von Show?" „Ja, Magdalena habe ich. Ich habe sie sogar gesehen." Die junge Polin war begeistert und klatschte in die Hände. „Oh schnell erzählen, hast Du gesehen MaNiMa?" Ja, nicht nur das. „Also, ich erzähle Dir jetzt etwas. Ich habe sie nicht nur gesehen, ich war mit dabei!" Die junge Polin schaute mich kritisch an. Ich rekelte mich auf meinem Stuhl gerade, räusperte mich und liess die Bombe platzen. „Ich, Isolde Weisshaupt, war die Hauptattraktion in der Show."

Peng, das sass. Magdalena schaute mich mit offenem Mund an. Dann zuckte ihr Mundwinkel und sie verfiel in lautes herzhaftes Lachen. „Oh gute Witze, Frau Isolde." Sie klatschte sich auf ihre Schenkel. „MaNiMa immer sehr schwierig bei aussuchen von Model." Sie lachte noch einige Minuten. Ich lachte nicht und schaukelte mit den Beinen. Ich wusste es ja besser. So nippte ich an meinem Glas. Als Magdalena sich beruhigt hatte, schaute sie erstaunt auf. Ja, richtig Magdalena ich lachte nicht, aber ich schaute besserwisserisch. Sie legte ihre Hand auf mein Knie. „Ist ernst Frau Isolde?" Dann legte sie ihre Hand auf ihre Brust. „Oh mein Gott, schnell, muss erzählen. Sonst ich sterben." Natürlich wollte ich die Gute nicht sterben lassen und lieferte meinen Showbericht ab. Fassungslos starrte Magdalena mich an. Dann kramte sie ihr Handy hervor, tippe irgendwas ein. Ihre Augen weiteten sich. Sie hielt mir ein Bild vor die Nase. „Das Du Frau Isolde?"

Oh nein, Fotos in der Zeitung, von mir? Ich ahnte Schlimmes. Mit Fotos von mir in der Zeitung hatte ich nicht so gute Erfahrungen gemacht. Doch es war ein schönes Bild. Die Überschrift lautete: „MaNiMa fand neuen Star in Venedig. Die Hauptattraktion der Show, eine Unbekannte, die über Nacht zum Star wurde." Ich als Cleo. Ich hatte den Arm um einen Windelträger gelegt und prostete gerade mit einem Sangriafläschchen den Zuschauern zu. Ich nickte. „Du bist ein Star." Ich nickte wieder und was stolz. Dann holte ich meine angeschriebene Cleo Kiste aus dem Schlafzimmer und fummelte den Ring unter dem Bett hervor. Ich breitete alles vor Magdalena aus. „Das unglaublich." Ja, das war es, in der Tat. Ich steckte mir den Ring auf meinen Finger. „Oh Frau Isolde! Du doch Mann gefunden." Also ich wusste nicht, ob ich einen Mann gefunden hatte, aber einen Ring, ja, den hatte ich gefunden.

„Amore." flüsterte Magdalena als sie die Gravur vor las. „Wer ist Deine Amore?" Ich zuckte mit den Achseln. Das, wusste ich eben auch nicht. „Isolde, nachdenken." Magdalena lachte. „Vielleicht schon geheiratet wie in Las Vegas." Haare standen mir zu Berge. „Was!? Sicher nicht!" Hoffentlich nicht.! Aber daran sollte ich mich ja aber sicher erinnern, oder nicht? Ich seufzte. Gut, dass ich nur in Venedig war.

Berg ruft

Ach, da lag sie ja, die Einladung zum
Klassentreffen. Auf dem Engelshorn wollten wir
uns treffen. Ich schaute aus dem Fenster. Ganz
weit hinter war er zu sehen, der Engelshornberg,
umgeben von Wald. Auf dem Berg gab es ein
kleines, aber feines Restaurant, dort wollten wir
uns zum Mittagessen treffen. 12:00h. Es gab dort
oben auch einen kleinen Holzturm. Seit
Ewigkeiten war ich nicht mehr auf dem
Engelshorn. Das letzte Mal, so meinte ich, war ich
mit meinem Vater und Benny auf diesem Berg.
Eigentlich landete die Einladung schon fast im
Müll, doch Magdalena hatte gesagt, ich solle das
Schicksal entscheiden lassen. Zudem, ich hätte ja
nichts zu verlieren und ich würde alle
Klassenkameraden wiedersehen und es kann ja
auch lustig werden uns so, naja, sie hatte ja Recht.

Wie immer. So warf ich eine Münze. Kopf =
Einladung wird vernichtet, Zahl = ich treffe meine
Klassenkameraden. Naja und warf Zahl. 3 x
hintereinander. Zahl, Zahl, Zahl. Eigenartig.
Magdalena lachte und freute sich. Sie freute sich
mehr als ich. „Wird gut sein für Dich Frau Isolde.
Eine gute Treff mit viele alte Freunde." Sie fasst
mich am Arm und drückte freundschaftlich. „Und
vielleicht auch kannst Du alte Liebe
wiedersehen." Sie zwinkerte mir zu. Alte
Liebe....Sinnend stand ich am Fenster und liess
meinen Blick in die Ferne schweifen. Gab es
damals jemanden? Ich kramte in meinem
Köpfchen. Ja, den Tim hatte ich angehimmelt.
Aber, den hatte jedes Mädchen angehimmelt. Tim
hatte ein Grübchen und wunderschöne Augen mit
langen Wimpern. Er war ein Kindermodel und in
manchen Zeitschriften zu sehen. Ja, der Tim...das
war schon ein flottes Kerlchen. Was ist wohl aus
ihm geworden? Plappertasche Davide kam mir in
den Sinn. Seine Mutter stammte aus Cuba. Davide

war eine wunderbar gelungene Mischung. Seine Haut war samtig, seine Zähne perfekt und sein Haar kräuselte sich, auch wenn er es immer glatt ölte. Am liebsten hielt Davide Vorträge. Ich lächelte. Ja, ich war jetzt gespannt auf meine Klasse und freute mich alle zu sehen. Und heute war es soweit. Also Isolde, hopp hopp. Der Berg ruft!

Engelshorn 90 min

Bereits am Vortag hatte ich meine Klassentreffen Kleider ausgesucht, welche ich tragen wollte. Natürlich hatte ich auch bedacht, dass ich auf den Berg wandern musste. So tänzelte ich in meinem Aufzug vor dem Spiegel auf und ab. Ich hatte mir extra eine neue Bluse gekauft. Es war so ein lang geschnittenes legeres Teil, welches mir bis zu den Knien ging. Mein Speckbauch war so perfekt versteckt, es spannte nur ganz leicht. Ich trug eine Leggings aus Jeansstoff und meine geliebten und bequemen Stofflatschen. Alles passte perfekt zusammen. Ich fand in der untersten Schublade im Badezimmer noch eine goldene Kette mit einem Tropfen Anhänger und 2 Armreifen. Prima, ich war echt schick. So konnte ich mich am Klassentreffen sehen lassen.

Der wollene lange Strickmantel vollendete meinen Aufzug und ich lief los. Fröhlich hüpfte ich die Stufen im Haus hinab und betrat die Strasse. Frische morgendliche Luft empfing mich. Von Ferne hörte ich die Turmuhr. Es war 10:00h. Ich lief durch die ruhigen Strassen und Gassen der Stadt. Es war Sonntag. Ich summte vor mich hin und kam gut voran. In Gedanken ging ich meine Klasse durch. Hanna sass neben mir, viele Jahre lang. Hanna war ruhig. Sie hatte noch 4 Schwestern, sie war die Älteste. Elsa, Julia und Kim waren so ein eingeschworenes Team. Hockten immer zusammen und kicherten. Luisa und Casandra waren die Streberinnen der Klasse. Sie sangen im Kirchenchor, machten Sport und waren Klassensprecher. 7 Mädchen waren wir und 14 Jungs! Ich zählte im Kopf die Jungennamen auf. Als ich alle 14 Jungennamen beisammen hatte, war der Wald erreicht. Ich las die Wanderschilder.

Grosser Rundweg 30 min, kleiner Rundweg 20 min und Engelshorn 60 min. Okay, auf geht's, dem gelben Dreieck folgend wanderte ich los. Der Weg war breit und die Sonne schickte goldene Strahlen durch die Baumwipfel. Ich atmete tief diese gute Waldluft ein und füllte meine Lungen. Das stärkt Dich und ist gesund, sagte meine Oma immer. Nach einigen Metern wurde der Weg steiler. Ich zog meinen Strickmandel ab und stopfte diesen in den Rucksack. Links und rechts standen hohe Bäume. Ab und zu raschelte es und dann flog ein Vogel aus dem Gebüsch. Ich war ganz allein im Wald. Der Weg wurde schmaler und die Wurzeln der Bäume legten sich über den Weg. Ich musste gut aufpassen um nicht zu stolpern. Ich musste auch mehrere Pausen einlegen, denn der Wanderweg entpuppte sich zu einer Klettertour. Und naja, ich war jetzt auch nicht so sportlich unterwegs, zudem trug ich mehrere Kilos auf meinen Rippen, die ich nicht einfach ablegen konnte.

Oh wie schön wäre das eigentlich. Ich blieb keuchend stehen und dachte darüber nach. Wo war eigentlich das gelbe Wanderdreieck? Schon lange hatte ich das Zeichen nicht mehr gesehen. Naja, ich lief weiter. Musste ja bergauf gehen, denn ich wollte auf die Spitze des Berges. Ich wanderte einige Meter und erholte mich ein paar Minuten, dann wanderte ich weiter und erholte mich wieder. So ging das eine ganze Zeitlang. Aber, ich kämpfte. Irgendwann war aber plötzlich der Weg zu Ende. Ja, er war einfach zu Ende. Verblüfft und ausser Puste blieb ist stehen. Weit und breit keine Weg - Alternative zu sehen. Stattdessen Dornenbüsche. Egal, ich musste da durch. Vielleicht war der Wanderweg einfach ein Stück zugewachsen und taucht nachher wieder auf, dachte ich. Also schlug ich mich durch die Büsche. Das war ein Kampf kann ich Euch sagen. Diese Büsche stellen mir das Bein, umschlungen meine Füsse und hakten sich in meine Haare.

Ich kam kaum voran, ständig musste ich die Dornen aus meinen Kleidern lösen. Ich hatte bereits Striemen im Gesicht. Diese Büsche waren so hinterlistig und nahmen kein Ende. Dann erblickte ich in der Ferne eine kleine Lichtung. Zielstrebig kämpfte ich mich auf diese Lichtung zu. Völlig erschöpft erreichte ich diese dann und richtete meine Kleider. Meine Leggings hatte ein kleines Loch, meine Stoffschläppchen waren schmutzig und meine Longbluse hatte einen Knopf verloren. Meine Hände waren zerkratzt und ich hatte Durst. Natürlich hatte ich nichts zu trinken dabei. Wieso auch. Schliesslich wollte ich in wenigen Minuten fein Mittag essen. Doch, wo war ich eigentlich? Ich blickte mich etwas ängstlich um. Keine Menschenseele, nur Bäume um mich herum. Hatte ich mich verlaufen? Sollte ich weinen oder nur mit dem Fuss aufstampfen. Konnte eines von beidem helfen? Ich hockte mich hin. Ja, ich wollte weinen.

„Guten Morgen!" Huch! Ich schnellte herum. Ein Wanderpaar in Wandermontur und Wanderstöcken lief flotten Schrittes im Wald an der Lichtung vorbei. Die Frau hob einen Stock zum Gruss und rief mir zu. „Herrlich hier im Wald, nicht?" Sie warteten nicht auf eine Antwort, sondern wanderten strengen Schrittes weiter. Da musste ein Weg sein. Ich jubelte innerlich. Und beeilte mich, dies genauer unter die Lupe zu nehmen. Tatsächlich. Ein guter, breiter Dornenfreier Wanderweg. Gott wie war ich froh. Ich sammelte mich und nahm die Fährte auf. Das Wanderpaar war zwar schon aus meinen Augen verschwunden, dafür aber entdeckte ich das Wanderzeichen. Mein gelbes Wanderdreieck. Ich war so froh. Gerettet! Ich sah schon die Schlagzeilen vor mir: „Junge Frau im Wald verloren gegangen." Oder „Wanderin von Dornenbüschen gefangen gehalten." Aber, nein, da war ich wieder. Und dann stand ich auch vor einem Wanderschild. Engelshorn 90 min.

Talfahrt

Ich staunte eine Weile über die Zeitangabe ehe
ich meinen Weg fortsetzte. Aus dem Gebüsch
angelte ich einen Stock, schob einen kleinen
Tannenzweig hinter Ohr und zog meine Socken
über die Leggings. Nun war ich ausgerüstet. Nur
mein Magen nicht, ich hatte mächtigen Hunger.
Ich suchte im Rucksack, fand aber nur ein Bonbon,
welches am Rucksackboden klebte. Das klebte da
wahrscheinlich schon länger. Ich klaubte es ab, es
konnte so in meinem Mund weiter kleben. Ich
atmete tief durch und stiefelte in meinen
Stoffschläppchen los. 90 Minuten! Das summte
die ganze Zeit in meinem Kopf. Ich hatte keine
Ahnung wie lange ich schon im Wald umherirrte,
geschweige denn, wie spät es war. Ich lief und lief
und lief. Dann ging es bergauf. Schon wieder. Es
war anstrengend und öfter musste ich Pausen

einlegen. Mein Herz schlug bis zum Hals und mein Kopf war blutleer. Noch leerer war mein Magen. Ich nagte an Zweigen und Zapfen, aber beides sättigte mich nicht. Ich schwitzte wie ein Weltmeister, schwitzen konnte ich gut. Nach Ewigkeiten tauchte ein neues Wanderschild auf. Engelshorn 60 min. Mir standen meine wirren Haare zu Berge. Waaaaas?? Ich laufe hier den halben Tag schon umher und habe noch eine Stunde Marsch? Unglaublich! Ich war entsetzt. Zudem hatte ich das Gefühl, dass die Sonne schon recht hoch stand. Mittag war sicher schon längst vorbei. Ich begann mit meinem Wanderstock zu reden. Er hörte stumm zu. Der nächste Teil des Wanderweges war feucht. Der Boden unter meinen Füssen machte sehr spezielle Geräusche. Ich sprang wie ein junges Rehlein von einem trockenen Fleck zum nächsten. Eine kleine Wandergruppe wanderte schwatzend an mir vorbei. Sie liefen mit ihren perfekten Wanderschuhen durch den Matsch und grüssten mich. Nach diesem anstrengenden Teilstück brauchte ich eine längere Pause und auch ein Glücksmoment wäre nett gewesen. Dieser Moment liess noch etwas auf sich warten und zeigte sich aber dann in Form eines Apfels. Ich hätte mir nie vorstellen können, dass ich mich einmal so extrem über einen Apfel freuen konnte. Ich erreichte ausgelaugt und halb verhungert eine kleine Raststelle und dort lag ein Apfel einfach so auf dem Holztisch. Ein kleiner roter Apfel lag da einfach so, wie eine Spende. Es war fantastisch wie gut so ein kleiner Apfel schmecken konnte. So saftig, so süss, so knackig, so erfrischend, so kühl, so...Ohhja, ein neues Wanderschild. Engelshorn 30 min. Wie mein Herz frohlockte. „Gleich sind wir da!" sagte ich zu meinem Wanderstock. Mein Wanderstock schwieg, aber er freute sich sicher auch. Beschwingt stampfte ich los. Der Schwung war aber auch ganz schnell wieder raus, denn das Endstück ging konsequent bergauf.

Ich wollte weinen. Ich wollte umkehren. Ich wollte heim, in meinem gelben Ohrensessel lümmeln, Käsekuchen essen und nie wieder in den Wald gehen. Einziger Lichtblick war die Spitze des Holzturmes, welche ich ab und zu durch die Bäume sehen konnte. Ich raffte alle meine letzten Kräfte zusammen. Ich wechselte immer wieder nach wenigen Metern mit einer längeren Verschnaufpause ab. Meine Beine waren nicht mehr so stabil und so stolperte ich zu guter Letzt über eine Baumwurzel. Da kniete ich nun im Wald und wollte gar nicht mehr aufstehen. Die letzten Kräfte hatten mich verlassen. Zudem schmerzte mein Knie. Nachdem ich einige Minuten so allein und verloren im Wald lag, raffte ich mich auf und mobilisierte meinen letzten Überlebenskräfte. So humpelte ich, auf meinen getreuen Wanderstock gestützt, über die Lichtung und liess mich auf eine Bank fallen. Meine weisse Longbluse hatte grüne und braune Flecken und meine Leggings grosse feuchte

68

Flecken an den Knien. Im Gesicht hatte ich einige Kratzer, die wohl geblutet haben mussten. Auch meine Hände waren total zerkratzt und im rechten Zeigefinger steckte noch die Spitze eines Dornens. Selbst in meinen Haaren hatten sich Tannennadeln und Dornen niedergelassen. Ich war fix und alle. Ausgehungert, kraftlos, klatschnass und mit wirrem Blick schaute ich mich um. Das kleine, aber feine Restaurant räumte die Gartenstühle zusammen und schloss die Fensterläden. Ein paar Wandergesellen liefen lachend in ein kleines weisses Blockhaus. Eine junge Familie mit Kinderwagen durchkreuzte meinen Blick. Ich war verwirrt. Wie zum Kuckuck haben sie es geschafft, den Berg mit einem Kinderwagen zu erklimmen? Ich folgte der Familie mit meinem Blick, bis auch sie in der Blockhütte verschwanden. Es gab noch eine Gruppe Schulkinder, die frisch und fröhlich, laut lärmend über den Platz liefen. Die Begleitperson klatschte in die Hände. „So, Kinder, etwas Ruhe bitte." Dann führte sie die Gruppe an. Mit offenem

Munde schaute ich auf ihre Schuhe. Sie hatte doch

tatsächlich Absatzschuhe an. Wie kann man nur?

Ich schüttelte den Kopf. Sehr unglaubwürdig war

allerdings der ältere Herr im Rollstuhl.

„Hallo?!" rief ich ihm laut zu „Hier stimmt doch

was nicht!" Man schaute zwar kurz zu mir,

ignorierte mich aber. Sicher tat man mich,

meinem Aussehen nach zu urteilen, als Verwirrte

ab. Es gongte und die Leuchtschrift an der

weissen Blockhütte lief in roten Buchstaben:

Letzte Talfahrt in 30 Minuten.

Isolde sieht schwarz

Ich schüttelte mein grosses Federkissen auf und legte es behutsam in meinen gelben Ohrensessel. Und dann liess ich mich in das Kissen plumpsen. Ahhhh wie weich. Sehr angenehm. Der Wecker auf der Fensterbank tickte im einheitlichen Takt. Tick....und.....tack.....und.....tick......und......tack... Heute hatte er Zeit. Ich rekelte mich und lehnte mich zurück. Mein Gesicht spannte etwas und begann zu kitzeln. „Geschenk für schöne Haut." sagte Magdalena als sie mir diese kleine Tüte mit flüssigem Inhalt übergab. „Musst in Gesicht schmieren und dann warten." Etwas deutlicher sagte sie. „Mit Geduld. Frau Isolde." Sie lächelte und zauberte noch eine Tafel Nussschokolade hervor.

„Alles für mich?" Ich staunte. Hatte doch gar nicht Geburtstag. Ja, und seit Magdalenas letztem Besuch bei mir, lagen beide Sachen im Schrank. Okay, ich gebe zu, die Schokolade hatte ich tatsächlich vergessen, die würde da sonst nicht mehr liegen. Heute aber war der Tag der Vernichtung. Die Tüte für meine schöne Haut hatte ich aufgerissen und neugierig die schwarze Paste begutachtet. In Gesicht schmieren, sagte Magdalena. Also schmierte ich los. Mein ganzes Gesicht kleisterte ich mit dieser schwarzen Paste zu. Und da sass ich nun, mit zugekleisterten Gesicht und der Nussschokolade. Ich eine Ecke ab und schob sie vorsichtig in den Mund. Genüsslich lutschte ich bis alle Nüsse sauber abgelutscht waren und zermahlte diese zum Schluss. Ein feiner Schoko – Nussgeschmack erfüllte meine Sinne. Herrlich. Ich schaute aus dem Fenster. Leichte Flöckchen, ganz fein und locker schwebten vom Himmel.

Sie schwebten wie kleine Wattepüschelchen vor meinem Fenster herunter. Sie sammelten sich zu einer grossen weissen Wattewolke. Die Flügel meiner Fenster öffneten sich und eine Strickleiter hing von der Wattewolke herunter. Ich erklomm die Leiter und kletterte auf die Wolke. Die weisse weiche Watte ummantelte mich. Ich fühlte mich sehr geborgen. Es war so friedlich und still. Sanft spielte der Wind mit meinen Haaren. Die Wolke schwebte über der Stadt. Ich winkte den Menschen auf den Strassen zu und sie winkten zurück. Ab und zu zupfte ich ein paar Wattebüschelchen aus der Wolke und liess diese auf die Erde schweben. Ein Storch kam angeflogen und setzte sich auf den Watte – Wolkenrand. Mit seinem langen Schnabel zupfte er an meiner Wolke herum und es entstanden Löcher. Wolkenlöcher. „Gisch, gisch." Ich wollte ihn verjagen. Ich fuchtelte mit den Armen, doch der Storch liess sich nicht vertreiben. Er zupfte und zupfte und dann passierte es.

Meine Wolke war nur noch ein grosses Wolkensieb und meine Beine rutschten durch ein Loch. „Hilfe!" rief ich und umklammerte den Rand der Wolke. Der Storch flog davon. Ich konnte mich nicht mehr halten und strampelte mit den Beinen. „Hilfe!" rief ich wieder. Doch hier oben war keiner, der mir helfen konnte. So kam es, wie es kommen musste, ich fiel hinunter. Ich fiel und fiel und fiel und fiel. Bevor ich auf der Erde aufschlug, zuckte ich zusammen und riss meine verklebten Augen auf und blinzelte. Ich landete in meinem gelben Ohrensessel. Das erste, was ich sah, war der Wecker. Der Fensterbankwecker tickte, hatte aber scheinbar keine Zeit mehr, er war ganz nervös! Als wollte er die Zeit überholen. Ticktackticktackticktack und plötzlich flippte er aus. Das Hämmerchen zwischen den beiden Glocken schlug wie wild auf das Metall ein. Er schepperte und rasselte was das Zeug hielt. Ich sprang auf. Die Nussschokolade fiel zu Boden. Ich musste mich erst einmal sammeln. Isolde,

Konzentration. Der Wecker. Warum klingelt er?

Mein Kopf summte. Dann stand ich stramm.

Mutter! Heute war der „Kaktus –

Abholtag." Mutter besprühte ihre Orchideen, als

sie mir eröffnete mir, dass Tante Hilda mir einen

grossen runden Kaktus hinterlassen hat. „Das ist

sicher das einzige, was bei Dir überlebt." sagte sie

so nebenbei und ich verstand den Satz auch heute

nicht. Sollte ich schnell mal darüber nachdenken!

Isolde! Genug gedacht! In mir rief eine Stimme

alarmierend. Der Fensterbankwecker japste in

den letzten Tönen, also Schellen und fiel mit

einem letzten Rung von der Fensterbank. Wie

eine grosse fette Fliege lag er dort mit dickem

Bauch. Ticktackticktackticktack rief er und liess

noch immer keine Ruhe. Ich rannte in den Flur,

riss Jacke und Schal vom Haken und bückte mich

nach den Stiefeln. Ich spürte wie meine Haut

spannte und tastete in meinem Gesicht. Es fühlte

sich ledrig an. Ha! Ich hatte doch noch die

schwarze Paste im Gesicht. So konnte ich das

Haus ja nicht verlassen. Also raus aus dem Mantel und rein ins Badezimmer. Ein Blick in den Spiegel liess Böses erahnen. Ich sah Schwarz.

Fällt doch gar nicht auf

Also rasch dieses schwarze Zeug abgefummelt.
Dachte ich jedenfalls. Ich versuchte diese
schwarze glänzende Lederhaut, rasch von
meinem Gesicht zu lösen, doch Pustekuchen. Das
ging gar nicht so einfach! Nur eine winzige Stelle
löste sich Kinn. Ich knüpelte und pulte, fummelte
und fluchte. Die schwarze Paste war getrocknet
und sass wie eine zweite Haut fest, felsenfest in
meinem Gesicht. Ich stampfte mit einem Fuss auf.
Der Boden vibrierte zwar dumpf, aber davon fiel
die Lederhaut auch nicht ab. Ich zupfte weiter
und löste in Hundertstelmillimeter Schritten die
Lederhaut. Sie wollte unbedingt in meinem
Gesicht bleiben und war so gar nicht kooperativ.
Zudem tat es höllisch weh. Die kleinen Härchen
hielten sich krampfhaft an der schwarzen
Lederhaut und wollten diese nicht gehen lassen.

77

Ich versuchte es mit der Nagelschere, doch das war genauso nutzlos wie die Nagelfeile. Ich biss auf die Zähne und zog und zupfte. Zudem zog ich allerhand Grimassen um die Lederhaut zum Ablösen bewegen zu können. Auch das brachte nicht viel. Eigentlich gar nichts. So geduldig wie ich nur sein konnte arbeitete ich mich bis über die Nase vor. Eigentlich wollte ich aufgeben. Die Lederhaut klebte in meinem Gesicht wie eine Eins. Ich jammerte vor mich hin. Weinte ein wenig. Es war wirklich sehr schmerzhaft. Aber ich konnte so wirklich nicht bleiben, auch wenn ich kurz darüber nachdachte. Bis zu meinen Augen war ich jetzt befreit. In Waschbecken lagen Fetzen meiner zweiten Haut. Jetzt begann ich am Haaransatz und fummelte mit meinen Nägeln. Nach stundenlangem Knüpeln hatte ich ein Problem. Es ging nicht weiter. Die Lederhaut sass fest. Fest auf meinen Augenbrauen. Felsenfest. Wirklich. Keine Chance. Der Rest war frei. Nur auf den Augenbrauen klebten jeweils 2 fette Streifen glänzender Lederhaut. Durch die Schmerzen und Anspannung war mir schon richtig schlecht. Es ging einfach nicht. Zudem hatte ich bereits den ersten Bus verpasst. Die Blicke meiner Mutter, auf die ich gern hätte verzichten wollen, sah ich bereits vor mir. Nein, diese 2 fetten Streifen Lederhaut auf meinen Augenbrauen mussten jetzt erst einmal bleiben. Zudem, man kann sich auch an die 2 schwarzen Balken gewöhnen. Ich hielt meinen Kopf schief und schaute und musterte mich im Spiegel. Fällt doch gar nicht auf, fällte ich mein Urteil und stürmte los.

Warten Sie schon lang?

Ich beeilte mich, obwohl ich es wieder nicht schaffte, pünktlich zu sein. Ich grummelte vor mich hin. Ich zog mein braunes Lederköfferchen aus dem Schuhregal. Eigentlich bin ich gar nicht Schuld, dass ich ständig zu spät komme. Ich schlüpfte in den Mantel. Es passieren halt immer wieder Dinge, die meinen Ablauf stören. Ich wickelte den langen Schal um den Hals. Den Schal hatte ich in der Schule gestrickt, vor vielen Jahren. Ich rechnete kurz. Wow, es mussten ja schon 20 Jahre her sein. Stricken konnte ich gut, also strickte ich und strickte und strickte und strickte. Isolde! Es reicht! Also darum wurde eben der Schal so lang. Auch heute wäre ich pünktlich gewesen. Ich steckte meine Füsse in die Winterstiefel, blickte nochmals kurz in den runden Spiegel neben der Tür.

Ein kleines „Huch" entwich mir und ich musterte mein Gesicht. Looooss Isolde! Also warf ich meinem Spiegelbild einen Kussmund zu, schnappte den Koffer und schloss hinter mir die Türe. Ich hastete die erste Stufe hinunter und wurde abrupt gestoppt. Ach heute klappte wieder mal gar nichts! Der letzte Meter meines Schals hatte sich in der Tür eingeklemmt und wollte mir die Luft abschnüren. Ich stellte mein Köfferchen ab und wühlte in den Manteltaschen nach dem Schlüssel. Taschentuch, Haarklammer, Handschuhe... Oh Handschuhe. Erstaunt schaute ich diese an. Mhh wo kommen die denn her? Ich hatte Handschuhe? Das wusste ich gar nicht. Ich steckte mein Fingen in die für jeden Finger vorgesehenen Spalte und, siehe da – passten wie angegossen. Schalproblem, Isolde, Schalproblem. Es hämmerte in meinem Kopf. Es pfiff fast schon. Meine weitere Suche ergab leider keinen Schlüsselfund, so wickelte ich den restlichen Schal ab und liess ihn an der Tür hängen.

Jetzt aber! Ich sprang die Stufen im Haus hinunter und trat vor die Tür. Leise krümelte es vom Himmel. Es flockte nur ganz wenig. Die Lichter der Strassenbeleuchtung warfen einen hellen runden Schein auf die Strasse und die Atmosphäre schien mystisch. Es hatte in der Nacht fiel geschneit. Überall sass Schnee. Die Autos trugen Schneehauben, die Laternen hatten weisse Mützen auf, die Bäume standen starr und trugen die weisse Pracht mit Stolz. Es war kalt. Ich schloss den Kragen des Mantels bis zur Nase und setzte die Kapuze auf den Kopf. Der Schnee knirschte unter meinen Stiefeln. Ich legte den Kopf in den Nacken und blinzelte in den Himmel. Die kleinen zarten Schneeflöckchen legten sich auf mein Gesicht, wo sie sogleich schmolzen. Meine Zunge leckten die Schneeflöckchen, die sich auf meinen Mund setzen, so wie ich das auch als Kind getan hatte. So stand ich einige Minuten bis mich ein Klingeln aus der Erinnerung weckte.

Ein Mann eierte auf einem Fahrrad die Strasse entlang. Ich stand auf seinem Weg, also ich stand auf dem Radweg und er klingelte aus Leibeskräften. So sprang ich auf den rettenden Gehweg. Der Fahrradmann schüttelte nur den Kopf und rief etwas. Ich stampfte wieder los. Die Bushaltestelle konnte ich schon sehen. Keine Menschenseele stand dort. Oh nein, den 2. Bus auch verpasst? Ich lief eilig und mein Köfferchen baumelte fröhlich mit. Ein Blick auf den Fahrplan sagte mir, dass ich gut in der Zeit lag. In wenigen Minuten sollte der Bus mich hier aufgabeln. Ich war also nicht zu spät. Naja, ich war eigentlich schon zu spät, aber nicht für diesen Bus. So stellte ich mich neben den Fahrplan, zog die Kapuze tief ins Gesicht und wartete. Plötzlich hörte ich so ein Geräusch. Es klang wie ein Grollen. Es wurde lauter und schien von über mir zu kommen. Verwirrt schaute ich nach oben. In diesem Moment rollte mit Getöse eine Ladung Schnee vom Dach des Hauses und landete direkt auf mir.

Zwar hätte es links und rechts noch ganz viel Platz gehabt, aber nein, die Lawine suchte mich aus. Durch die Wucht riss die Lawine mir das Köfferchen aus der Hand und steckte im Schnee. Auch ich steckte im Schnee, bis zu den Knien. Auf meinem Kopf und auf meinen Schultern lagerte die weisse Pracht. Ich konnte nicht einmal mit dem Fuss aufstampfen, weil ich so eingeschneit war. Die Schneelawine hatte mir die Kapuze vom Kopf gerissen und langsam schmolz der Schnee an meinem Hals und lief mir und en Nacken. Ein altes Muttchen mit Kopftuch und Einkaufstrolly kam zur Bushaltestelle. Sie studierte den Fahrplan und mustere mich erstaunt. Sie schaute in den Himmel und hielt die flache Hand gestreckt. Dann schaute sie wieder auf den Fahrplan und runzelte die Stirn. Muttchen drehte sich zu mir, musterte mich abermals. „Warten sie schon lang?"

Seegang

Kurze Zeit später stand ich wieder im Bad und widmete mich meinem Augenbrauenproblem. Ich hatte entschieden – die Balken müssen weg – und stand bereits mit einer Pinzette vorm Spiegel. Ich meine, die Leute im Bus, wie sie auf die beiden schwarzen Lederbalken über meinen Augen starrten als ich einen freien Platz suchte. Das war schon recht unangenehm. Ja und Mutter erst! Darüber schweige ich lieber. Ihre schrillen Worte klingen immer noch nach. So stand ich bereit und wollte die Schmerzen ertragen. Mir war bewusst, dass es wehtun würde. Der Kaktus stand schon an meinem Fenster neben dem Wecker. Sie waren ein tolles Paar. Beide rund, beide fett, einer rastlos, einer ruhig. Ich hoffte nur, dass der Kaktus nicht erschrickt, wenn der Wecker plötzlich wie ein Wilder schellt, nicht, dass ihm vor Schreck alle Stacheln abfielen. Ich stand grinsend vorm Spiegel. Ein Kaktus ohne Stacheln, der kommt sich dann sicher nackt vor und wird rot vor Scham. Ich kicherte. Ein roter nackter Kaktus. Er müsste dann ein Feigenblatt tragen. Ich lachte laut. Ich fand die Vorstellung lustig. Und, dass ich die Vorstellung so lustig fand, lag wohl auch an Magdalenas Sliwowitz. Ein Pflaumenschnaps aus ihrer Heimat. „Wenn Deine Kraft zu Ende geht, nimm eine grosse Schluck oder auch zwei." hatte sie gesagt. „Ist von Grosspapa und Grosspapa schon alt. Sliwowitz viel gesund." Und jetzt brauchte ich Kraft. Also nahm ich 2 weitere grosse Schlucke aus der kleinen braunen viereckigen Flasche. So, jetzt aber. Ich wollte mich meinem Balkenproblem widmen, doch ständig dachte ich an den nackten Kaktus mit dem Feigenblatt. So kann man sich doch nicht konzentrieren. Ich war ja gewillt, die Schmerzen zu ertragen und wollte mit der Prozedur beginnen. Doch immer wieder tänzelte ein roter Kaktus vor meinen Augen herum, sobald ich die Pinzette über meinen Augen in Stellung gebracht hatte. Ich legte die Pinzette energisch weg. „Isolde, Du brauchst definitiv noch ein paar Sssslückchen von Grosspapas Zaubertrank." Hicks! Ups! Ich nahm einen grossen Zug, schüttelte mich, spürte aber die Manneskraft in mir aufsteigen. Irgendwie hatte ich mich an das Gesöff gewöhnt und gönnte mir dazu spontan ein einsames Stück Käsekuchen, welches im Kühlschrank auf mich zu warten schien. Die Sprühsahnedose sprühte, oh Wunder, ein letztes kleines Sahnehäubchen. Ich war in der Tat leicht hungrig und da passt so ein leckeres Stück Käsekuchen natürlich bombastisch zu Hunger und ja auch zum Zaubertrank. Als ich den Käsekuchenteller leer gefuttert hatte, spülte ich mit einem Schluck Sliwowitz nach und die Flasche war leer. „Na, Isolde, jess bisss Du sooo stark wie ein Bär." Ich lachte und mimte kraftvolle Gesichtsausdrücke vor dem Spiegel.

„Ohhh so vielen Dank Magdalenas Grooooossspapi." Ich hob die kleine braune Flasche hoch und liess die letzten 3 Tropfen auf meine Zunge fallen. „Gonsentration, ganz fest liebe liebe .... (ich gähnte herzhaft) Iiiiisolllde...ohhh jetzt bin isch ein bischen müde ..." Ich stallte mich breitbeinig vor dem Spiegel, umklammerte mit einer Hand das Waschbecken und führte die freie Hand mit der Pinzette in mein Gesicht.Kaum, als die Pinzette eine kleine Ecke der Lederhaut gepackt hatte und ich vorsichtig daran zog, wurde mir schlecht. Mir wurde nicht nur schlecht, mir wurde kotzübel. Mein Magen drehte sich plötzlich von innen nach aussen. Ich fiel vornüber, kotze in das Waschbecken. Ich wollte sterben. Ich heulte. Ich kotzte oder heulte. Meine Kraft vom Zaubertrank war plötzlich weg, wie weg gezaubert. Ich wollte aber auch nicht mehr daran denken. Als mein Magen leer war, schleppte ich mich ins Bett. Regungslos lag ich da und trotzdem schien sich alles zu bewegen. Vor mit tänzelten Kakteen, Feigenblätter und kleine braune Fläschchen. Ich sass in kleinen Käsekuchenbooten auf hoher See und hatte Seegang. Hohen Seegang.

Wer braucht schon Haare im Gesicht

Nach einigen Stunden hatte der starke Seegang nachgelassen. Ich konnte mich tatsächlich wieder bewegen, ohne an Käsekuchen und Sliwowitz erinnert zu werden. Allerdings braute sich recht schnell der nächste Sturm zusammen. Dieser Sturm hiess: Mutter.

Mutter hatte immer die Angewohnheit, zu den ungünstigsten Momenten in meiner Wohnung aufzutauchen und jedes Mal bereue ich es, ihr den Zweitschlüssel gegeben zu haben. Doch Mutter bestand darauf, einen Ersatzschlüssel zu bekommen. Da gab es auch gar keine Diskussion. Wie ein Schluck Wasser stand ich im Badezimmer. Zwar hatte ich keinen Seegang mehr, aber ich war wirklich zu nicht viel zu gebrauchen. Ich hatte noch die Kleider vom Vortag an. Mein Oberteil hatte Kotz und Schnapsflecken. Die konnte man zwar nicht sehen, aber dafür gut riechen. Überhaupt roch es grauenvoll in der Wohnung, vorallem im Badezimmer. Mein Waschbecken im Badezimmer zeigte das ganze Unheil, welches ich aber hier jetzt nicht ausbreiten möchte. Der Blick in den Spiegel zeigte einen totenbleichen Geist mit schwarzen Augenringen und breiten schwarzen Balken über den Augen. „Ich hasse Euch!" hauchte ich den Balken zu. Hinter mir räusperte sich jemand. Ich fuhr erschrocken

herum. Mutter! Mutter war nicht weniger
erschrocken und wich ein paar Schritte zurück.
Sie vergass sogar, vor Schreck einen Herzanfall
vorzutäuschen. Sie stand starr und regungslos.
Sie sagte keinen Ton. Aber sie atmete schnell.
Vielleicht etwas zu schnell für ihr Alter. Sie
starrte abwechselnd von meinem befleckten
Oberteil auf meine schwarzen Balken über
meinen Augen. Ich war genervt. Was wollte
meine Mutter denn jetzt, ausgerechnet JETZT bei
mir? Ich drehte mich wieder zum Spiegel und riss,
mit der Pinzette, wie eine Furie, an den
Lederhautbalken. Es tat unheimlich weh. Aber,
mir war grad alles egal. Ich war sauer, keine
Ahnung warum und auf wen, aber ich spürte ein
Feuer in mir. Ich hatte genug von dem Gestank,
von den Balken über meinen Augen und von den
Blicken meiner Mutter. Ich fummelte und riss, bis
ich die Reste der Lederhaut in meiner Pinzette
hielt. Also, die Pinzette hielt nicht nur das, sie
hielt auch meine Härchen der Augenbrauen. Ich

drehte mich um, präsentierte die Pinzette meiner Mutter: „Zufrieden?" Uiii ich war sauer. Mutter schaute mich an, legte endlich ihre Hand auf die Herzgegend und atmete sehr intensiv. Ja, so kannte ich sie. Sie starrte in mein Gesicht und verliess irgendwie fluchtartig meine Wohnung. Ich drehe mich zu Spiegel und schaute hinein. Huch! Über meinen Augen war es irgendwie leer. Sozusagen. Alle Härchen hingen an den Überresten der Lederhaut. Ich musterte mein Gesicht. Naja, wer braucht schon Haare im Gesicht.

angefressen

Mir war schlecht. Wahrscheinlich lag das am Käsekuchen. Also nicht am Kuchen selbst, aber an der Menge. Vielleicht. Also, wahrscheinlich schon. Wie konnte der auch immer so verdammt lecker sein? 3 Stücke hatte ich verputzt, die Schlagsahneflasche in meinem Mund ausgesprayt und den Teller blitzblank abgeleckt. Ja, ich liebte Käsekuchen und meine Gummibundhose. Nur leider spannte diese plötzlich. Vom Kuchen wird mir schlecht und meine bequeme Hose ist nicht mehr bequem. Ich stöhnte, klopfte auf meinen Bauch und dachte ganz kurz darüber nach, Morgen keinen Kuchen zu futtern. Ich ärgerte mich über das Übelkeitsgefühl, schob den Bund der Hose unter meinen dicken Bauch und legte mich in den gelben Ohrensessel.

Meine Füsse brauchten eine Stütze, so angelte ich den kleinen Blumenhocker, auf welchem noch nie eine Blume stand und packte meine Füsse obendrauf. Ich betrachtete meinen Schwabbelbauch. Natürlich war der nicht schön. Und ja, er wuchs einfach so immer ein Stückchen weiter in die Breite. Ohne meine Erlaubnis. Vielleicht hatte Mutter Recht und ich sollte auf meine Figur achten. „Du musst Dir nicht einbilden, dass Du noch in die Höhe wächst." sagte sie mir schon als Kind. „Du wächst nur noch in die Breite, wenn Du so weiter machst." Und irgendwie hatte sie Recht. Ich blätterte mürrisch in einem bunten Klatschheftchen. Ich überflog nur die Überschriften. „Helga mit neuem Mann." und „Silvan packt aus", „Kathy ungeschminkt." und „Sturm im Liebeshaus bei..." bla bla bla bla Wie kann man nur so Heftchen anschauen oder sogar lesen?

Ich warf das bunte Papier in die Ecke. Wer hatte diese Schwarte überhaupt in meine Wohnung geschleust? Ich war auf das Heft sauer, auf mich sauer, auf den Kuchen sauer und sauer weil Bulli sein neues Aquariumhäusschen nicht mochte. Es war eigentlich kein Haus, es war schon eine Villa. Mit vielen Fenstern und Gartenzaun. Doch Bulli beachtete es gar nicht. Das bunte Heftchen blieb aufgeschlagen in der Ecke liegen. Ich drehte meinen Kopf und versuchte die Überschrift zu entziffern. Es ging wohl, wie immer, ums Abnehmen. Fasten....leicht und mühelos....entschlacken. Ich rollte mich aus meinem gelben Ohrensessel und bückte mich langsam (um mich nicht zu übergeben) nach dem Heft. Ich schleppte mich in den Ohrensessel zurück und las murmelnd. „Intervallfasten..... entschlacken .... 16 Stunden Pause...8 Stunden essen..." Ich leckte die Lippen und war interessiert.

„spürbare Verbesserung...der Körper entgiftet....Verlust von angefressenen Kilos." Und da hatten sie mich. Jetzt war ich angefressen.

Die Obdachlose

Ich hatte ein Ziel. Und irgendwie freute ich mich
darüber. Ich hatte sonst nie irgendwelche Ziele.
Natürlich, auch ich fand meinen Schwabbelbauch
nicht schön. Selbst unter meinem Kinn
schwabbelte es. Und wenn ich ganz fest in den
Spiegel schaute, konnte ich Fettpölsterchen an
meinen Ohrläppchen erkennen. Und, es kann ja
nicht schaden, mal etwas für die Gesundheit zu
tun. 5 Tage fasten – das sollte doch zu schaffen
sein. Ich zählte. Meine letzte Mahlzeit, also die 3
Stück Käsekuchen, hatte ich vor 30 Minuten
verspeist. Nun kommt also die Fastenzeit von 16
Stunden. „Ein Klacks Isolde!" Ich lachte. Es war ja
eh schon Abend, gleich würde ich ins Bettchen
hüpfen – im Schlaf esse ich ja nicht.

Im Traum sah die Sache schon anders aus. Da fand ich mich oft an wohlgefüllten Tischen vor. „Damit ist jetzt Schluss, Isolde. Kein Essen, auch nicht im Traum!" „Fresspause bis 13:30" schrieb ich auf einen kleinen Zettel und klebte diesen an den Kühlschrank. Und ab ins Bett. Ich freute mich, nur noch 15 einhalb Stunden und dann konnte ich essen. Als ich aufwachte, hörte ich zuerst meinen Bauch und dann den Wecker. Gerade, als ich in Gedanken meinen Frühstückstisch deckte, fiel mir meine Fastenpause ein. Huch, das ist aber jetzt schade. Keine frischen Brötchen, kein Caramel Macciato, keine frische Wurst und kein Rührei. Ich leckte die Lippen und blieb liegen. Wenn ich nicht frühstücken darf, kann ich auch noch liegen bleiben. Ich schielte auf den schreienden Wecker und rechnete. 8 Stunden! Der Fensterbankwecker ringte in den letzten Tönen. Er fiel auf den Boden und ich stand auf. Ich streckte mich und schlenderte ins Bad und anschliessend in die Küche. Wie jeden Morgen.

Aber nein! Isolde! Fastenpause! Ich machte kehrt und setzte mich in den gelben Ohrensessel. Mh, was sollte ich jetzt tun, so, ohne zu essen? Ich schaute auf die Uhr. Es waren erst 5 Minuten vergangen. Mein Magen erinnerte mich wiederholt an die Frühstückszeit. Ich trommelte mit den Fingern auf der Sesselarmlehne. Trinken! Jawoll, trinken war erlaubt. Ich brühte einen Tee auf und warf mich wieder in den Sessel. Der Tee beruhigte meinen Magen nicht, betäubte ihn nur. Also trank ich einen zweiten Tee um ihn ruhig zu stellen. Immerhin hatte ich nun 10 Minuten überbrückt. Beim dritten Tee klingelte es an der Tür. Ich warf mir den hellblauen ungebügelten Morgenmantel über meine Schlafoverall mit den Häschen drauf und wickelte einen Schal um den Hals. Auf Socken lief ich durchs Treppenhaus und öffnete einem Postboten dir Tür. Der Postbote war neu, was er mir als Erstes verkündete. Ich lehnte mich in den Türrahmen und rührte in meiner Tasse. In diesem Moment kam ich mir vor, wie Frau Kramer. Der Neue wühlte in seiner Posttasche und murmelte vor sich hin: „Ich habe doch da was, ja wo ist es denn...momentchen bitte..." Sein Gesicht hellte sich auf, als er einen grossen Umschlag aus der Tasche zog. „Da ist er ja!" Er strahlte wie ein Maikäfer und ich wollte dankend den Umschlag aus der Hand nehmen. „Aber aber, nicht so schnell." Er wich zurück. „Das ist ein Einschreiben." Er tat wichtig. „Da muss ich zuerst einmal wissen, ob sie auch die Person sind, an die das Einschreiben adressiert ist." Langsam und deutlich las er vor. „Iiiisoldeeee..." „Ja, das bin ich. Ich bin die..." Er stoppte mich mit einem strengen Blick. Ich schmollte und schwieg. Er war nicht der schnellste Postbote. „Iiisolde Weiss..." „Ich bin Isolde Weisshaupt, ja, das bin ich, es ist ja sonst auch keiner hier." Mein Magen fing an zu gurgeln und zu grollen, ausserdem drückten 3 Tassen Tee. Ich stellte mich von einem Fuss auf den anderen. „Nun sagen Sie schon, wo muss ich unterschreiben?" Der Neue schaute mich erstaunt an. „Haben Sie noch nie ein Einschreiben bekommen?" Er tat geschäftig und holte einen kleinen Apparat hervor. Zuerst einmal brauche ich Ihren vollen Namen. „Der steht doch schon auf dem Brief. Isolde Weisshaupt. Mehr Namen habe ich nicht." In meinem Magen rumorte es sehr laut. Der Neue schaute sich fragend um. Doch nur ein kleines Vögelchen hüpfte im Hof. Mein Magen grollte wieder laut. „Da, Sie sind das, jetzt habe ich es deutlich gehört." Jetzt war ich verwirrt. „Ja, wer sollte es denn sonst sein. Ausser uns ich ja keiner hier." Und ich erklärte: „Ich habe nur Hunger." Und ich musste jetzt dringend aufs WC , aber das sagte ich ihm nicht. Der Neue machte einfach nicht vorwärts. „Kann ich jetzt den Brief haben oder kommen Sie morgen noch einmal?" Der Postbote schaute beleidigt. „Ich brauche Ihren Ausweis."

„Ausser mir wohnt doch keiner mehr hier im Haus. Da steht mein Name auf dem Umschlag. Ich bin Isolde Weisshaupt." Der Postbote musterte mich von oben bis unten und blieb an meinen 2 verschieden farbigen Socken hängen. „Also, Sie könnten ja jemand anderes sein, ich kenne Sie nicht, ich brauche Ihren Ausweis. Sonst muss ich den Brief wieder mitnehmen und Sie holen ihn auf der Post ab." Dann blickte er wieder auf. „Wie Sie es wünschen." Ich drehte mich um und grummelte leise vor mich hin. „Jemand anders sein, dass ich nicht lache. Wer denn zum Bespiel?" Ich stieg die ersten Stufen wieder hinauf um den Ausweis zu holen. „Na, eine Obdachlose zum Bespiel!" rief der Postbote in den Hausflur.

Immer diese Vorurteile

Der schwer erkämpfte Brief verhiess nichts Gutes.
Verdrängtes kam zutage: der Abriss des Hauses
in knapp 12 Monaten. Oh man, das hatte ich
längst vergessen. Nun sollte ich mich doch
tatsächlich einmal nach einer Wohnung um
schauen. Ich war genervt. Ich hatte Hunger und
wollte Frustfressen. Vor der Küche machte ich
wieder kehrt. Kein Essen, auch nicht aus Frust!
Ich schaute auf die Uhr und rechnete, 6 einhalb
Stunden Fresspause. Oh ich musste hier raus.
Raus in die Stadt, unter die Leute, mich ablenken.
Über meinen Häschen - Schlafoverall zog ich eine
Jacke, schlüpfte in meine blauen Stoffschläppchen.
Fluchtartig verliess ich das Haus. In meinem
Bauch gurgelte es und grummelte. Ich lief in die
Einkaufspassage. Überall roch es köstlich, überall
waren Fressbuden, die Luft war geschwängert

von ausserordentlich wohlriechenden Düften. Bei jedem Schritt donnerte es in meinem Hirn. Essen! Essen! Essen! Ich setzte mich auf eine Bank gegenüber dem Springbrunnen. Ein Kind setzte sich neben mich. Das Kind hatte eine Tüte Pommes und schob sich unablässlich ein wohl duftendes Kartoffelstäbchen in den Mund. Es schaukelte mit den Beinen und beobachte die Wasserspiele. Oh es roch so köstlich. Mein Magen tobte, er grollte und knurrte wie ein Drache. Bald würde ich Feuer speien. Das Kind hörte auf zu kauen und blickte mich an „Warst Du das?" fragte es mich. Ich nickte schweigend. „Warum knurrt Dein Bauch so laut?" „Ich habe Hunger." erwiderte ich ehrlich. Und als Bestätigung knurrte mein Magen erneut. Das Kind musterte mich von oben bis unten. „Bist Du obdachlos?" fragte es mich. Ich fiel aus allen Wolken. „Nein! Natürlich nicht!" Also es sei denn, ich habe in 12 Monaten keine neue Wohnung, dann schon. Ich schaute das Kind an.

„Wieso denken alle ich wäre obdachlos?" „Naja." Das Kind schaukelte wieder mit den Beinen. „Was heisst denn naja?" „Du hast Kleider aus der Kleidersammlung an, Deine Haare sind nicht gekämmt und Du hast Hunger." Das Kind blickte mich kauend an. „Hm, dann zeig mir doch Dein Geld." So weit käme es noch, einem wildfremden Kind Auskunft über mein Vermögen geben. Ich stand auf. „Und Deine Hose hat Flecken!" rief mir das Kind laut hinterher. „Du kannst es ruhig zugeben, dass Du obdachlos bist." So ein dummes Ding. Ohne Antwort eilte ich davon. Immer diese Vorurteile.

Einmal in der Woche obdachlos

Ich spionierte im Glas des Schaufensters um mich zu begutachten. Naja, also obdachlos...! Okay, Haare nicht gekämmt, stimmt. Flecken auf der Hose stimmt auch. Aber die mussten neu sein! Schliesslich war das ja mein Schlafoverall. Kleider aus der Altkleidersammlung. Also die Jacke war sicher erst 12 Jahre alt. Sie passte vielleicht nicht unbedingt gut zu meinen Beinkleidern, dafür aber passte mir die Jacke gut. Es war so eine Einheitsgrösse, passt also Jedem. Ich suchte mir eine andere Bank und hing so meinen Gedanken nach. Woher sollte ich jetzt eine Wohnung nehmen. Reichen 12 Monate aus, um etwas zu finden. Ich wohnte ja wirklich günstig. Mir gefiel es da, wo ich wohnte. „Entschuldigung." Ich blickte auf. 2 junge Frauen standen vor mir.

„Wir haben Ihnen einen Kaffee gekauft. Hoffentlich trinken Sie Kaffee. Und wir haben Ihnen auch ein Sandwich gekauft." Sie drückten mir beides in die Hand. Ich wehrte ab. „Ich habe gar kein Hunger." Mein Magen wusste, dass ich log und dementsprechend laut knurrte er. Die beiden Frauen schauten besorgt. „Nehmen Sie es, es kommt von Herzen." Dann liefen sie weiter. Okay, da sass ich nun, fast obdachlos mit einem Kaffee und einem Sandwich. Die Kirchturmuhr baumelte. Ich zählte mit, wie immer. Bei jedem Gong nickte ich. 9 x nickte ich. Okay, genug gefastet. Zeit für ein fettes Frühstück. Nein, ich wollte nicht mehr warten, ich konnte auch nicht. Keiner hätte das gekonnt. Ich wollte nicht mehr fasten und hungern, ich wollte ESSEN! In Windeseile wickelte ich das Sandwich aus und biss heisshungrig hinein. Welch eine Wohltat. Ich schloss die Augen. Es war fantastisch. Ich wollte weinen. Es war so lecker. Als ich die Augen öffnete stand das Pommes Kind vor mir und reichte mir eine Tüte Pommes. Wortlos ergriff ich diese und nickte als Dank. Es war mir alles egal. Ich hatte Hunger. HUNGER! Ich stopfte alles in mich hinein und, hey Leute, das tat so gut! Als ich gutgelaunt und vollgefressen nach Hause schlenderte, überlegte ich, ob ich morgen wieder obdachlos sein sollte. Oder vielleicht auch nur einmal in der Woche?

Noch Fragen?

Nachdem ich nun gefühlte Stunden im Warteraum sass, wurde ich schläfrig. Es passierte so gar nichts. Es war so langweilig. Die bunten Illustrierten machten mich überhaupt nicht an darin zu blättern und von den beiden Gemälden konnte ich jetzt jeden Pinselstrich nachziehen.

111

Ich hätte können in der Spielecke einen Turm aus Bauklötzchen bauen, bis an die Decke, aber da stand schon ein Schild (wahrscheinlich extra für mich) - Spielecke – für Kinder – Also baute ich keinen Turm. Ich gähnte herzhaft. Ich konnte bereits aufsagen, was jede Person im Wartezimmer machte. Die Oma gegenüber dokterte an ihrem Hörgerät. Die Dame rechts von mir hatte rote Stiefel an, einen Mantel und eine Brille auf der Nase. Sie las die Zeitung von heute und war auf Seite 3. Der Herr links schaute aus dem Fenster und wippte mit dem Fuss auf und ab und auf....und....ab....auf...Ich gähnte wieder und schaute auf den wippenden Schuh. Und schon lehnte mein Kopf an der Wand. Auf .....
und ...ab....Ich atmete tief ein und ging in den Wald. Ich war sehr gerne im Wald. Ich atmete tief. Ein und aus. Oma sagte ja immer, dass die Waldluft so gesund ist und ich tief ein und ausatmen sollte. Ich fand eine Blumenschaukel zwischen den Bäumen. Ich liebte es zu schaukeln.

Und schon schaukelte ich auf....und ab....und
auf...und ab...Die Sonne stand hoch über den
Bäumen, bald konnte ich sie berühren. Auf ....
und .... ab....In meinem Bauch kitzelte es. Ich war
zufrieden und lächelte. Ich schaukelte gern.
Auf....und ab...und auf...und RUMS! Die
Blumenschaukel riss und ich landete auf dem
Waldboden. Die Zeitungsfrau raschelte, der Herr
neben mir hüstelte und ich hörte jemanden rufen:
„...Haupt!" Ich riss die Augen auf, wischte meine
Mundwinkel trocken und meldete mich. „Hier,
ich." Die Arztgehilfin, welche mit einem grossen
Umschlag und einigen Blättern im Wartezimmer
stand, machte auf dem Absatz kehrt und ich
folgte wortlos. In Zimmer 4 sollte ich Platz
nehmen, der Arzt käme gleich. So sass ich wieder
in einem Zimmer und musste warten. Diesmal
wollte ich aber nicht einschlafen. So liess ich
meinen Blick durch das Zimmer wandern. Über
der Tür hing eine Uhr, die machte tick...und ....
tack...und .... tick...und tack... Ich gähnte laut.

Wieso war ich denn so müde? War das die Frühjahrsmüdigkeit oder befand ich mich noch im Winterschlaf? Ich schaute den Zeigern zu, wie sie sich tickend und tackend durch ihr Uhrfeld arbeiteten. Eigentlich hatten die Zeigen auch eine langweilige Aufgabe. Immer die gleiche Runde. Keinerlei Abwechslung. Also Zeiger einer Uhr wollte ich nicht sein. Tick...tack...tick....tack...Meine Augen wollten gerade zu fallen, da wurde die Tür aufgerissen und der Herr Doktor betrat schnellen Schrittes den Raum. Er setzte sich an sein Pult, murmelte ein „guten Morgen" hämmerte auf seinem PC herum und las konzentriert im Bildschirm. Ich beobachtete ihn gespannt. Dann stand er auf, ging zu seinem Schrank und zog ein Paket in hellblauer Folie heraus, legte dieses Paket vor mich hin und setzte sich wieder. „Also wegen Ihrer Inkontinenz gebe ich Ihnen ein Probepaket Einlagen mit. Die sind saugfähiger als die vorherigen. Ihre Diabetes haben Sie gut im Griff, ie sind gut eingestellt." Hah! Wie bitte? Klar bin ich gut eingestellt, aber meine Haare standen zu Berge. Der Arzt schaute flüchtig auf die Uhr über der Tür. „Mit ihrem Hörgerät klappt alles? Sind Sie damit zufrieden?" „Entschuldigung?" Ich war irritiert. „Alles okay mit dem Hörgerät?" Er sprach laut und deutlich und machte eine Handbewegung an sein Ohr. Klar ist alles okay mit dem Hörgerät, also mit welchem denn? Ich hatte ja gar keins. „Also gut, dann bis zum nächsten Mal." Er schaute mich an. „Haben Sie noch Fragen?"

Arme Alte

Fragen? Wieso denn? War doch alles glasklar. Ich war inkontinent, hatte Diabetes und scheinbar auch ein Hörgerät, aber ich war gut eingestellt. Am besten gefiel mir das, mit der guten Einstellung. Zu Hause wollte ich mal meine Ohren näher untersuchen, wo sich dort das Hörgerät versteckt hielt. Bisher war mir keins aufgefallen. An der Anmeldung stand die alte Frau mit dem Hörgerät und wetterte. „Ich warte seit über einer Stunde." Sie hatte eine kleine abgeschabte Ledertasche auf dem Ablagebrett an der Theke stehen und ein Kopftuch in der Hand. Die Zipfel ihres Tuches berührten schon den Boden. Die Arztgehilfin schaute irritiert in den Bildschirm. „Frau Hauptmann, Ihr Termin ist doch schon vorbei." erklärte sie verwirrt. „Schauen Sie doch mal auf die Uhr!" Die alte Frau war ungehalten und zeigte mit der Kopftuchhand auf die Wanduhr über der Theke. „Über eine Stunde! Lassen Sie ihre Patienten immer so lange warten." Sie drehte sich zu mir herum und rief mir zu: "Seit über einer Stunde warte ich schon, alle anderen waren schon dran." Sie zeigte wieder energisch auf die Uhr, mit der anderen Hand hielt sie sich an dem Theke fest. Dann drehte sie sich wieder zu der armen Arztgehilfin. „Alle denken die Alten haben ja Zeit, die kann man warten lassen." „Frau Hauptmann, beruhigen Sie sich doch bitte. Sie waren schon dran. Ihr Termin ist schon vorbei. Ich sehe es hier im Computer." Oh oh, ich schlich leise an der alten Frau vorbei, legte ihr noch das Paket Einlagen neben ihre abgeschabte Ledertasche. Diese Dinger brauchte ich ja nun wirklich nicht. Also noch nicht. „Und schauen Sie, da liegen doch auch Ihre Einlagen die Ihnen der Doktor gegeben hat." Sie schaute über den Rand der Theke und zeigte auf mein Windelpaket. Ups!

Eine andere Fee im weissen Kittel rief in den Warteraum: „Frau Weisshaupt bitte!" So, jetzt aber, Beine in die Hand, Isolde! „Ich bin doch nicht dement!" hörte ich die alte Frau noch ausrufen. Mhhh ab jetzt aber wahrscheinlich schon....

Fischsuppe

Ich liess mich sanft in meinen gelben Ohrensessel gleiten und schlurfte genüsslich am Salbeitee. Die wohlige Wärme, welche sich in meinem Bauch ausbreitete, tat gut. Gut tat auch der Schokoladenmuffin, welcher dem Tee Gesellschaft leistete. Ach konnte das Leben schön sein. Und schön war auch, dass ich wusste, dass ich weitere Muffins in meinem Kühlschrank hatte, die auf Vernichtung warteten. Sie standen immer in vorderster Reihe und jedes Muffin schrie: Nimm mich, nimm mich...!Ich hatte noch die Schlafhosen an. Das waren meine Lieblingsschlafhosen. Kuschelig weich, mit roten Sternen drauf. Das Oberteil passte mit seit Ewigkeiten nicht mehr, aber die Kuschelhose hatte einen weiten dehnbaren Bund, die würde mir sich noch Jahre passen. Also, sicher 2 oder so, je nachdem. Also ein Jahr sicher noch.Das ganze Wochenende hatte ich gearbeitet und freute mich über den freien Tag. In der Küche des Pflegeheimes gab es viel zu tun und manchmal artete auch die sonst so ruhige Arbeit in Stress aus. Stellen wurden abgebaut, auch in der Küche. „Anpassung" nannte die neue Heimleitung dies. Angepasst wurden auch die Essenszeiten und die Menüs.

Heute aber konnte ich entspannen. Ich schob den letzten grossen Kuchenkrümel in den Mund und schaute mich um. Ahja, das Aquarium hatte es auch mal wieder nötig. Die Farbe des Wassers hatte einen Grünstich und Bulli schaute jetzt durch grüne Vorhänge. „Okay, das können wir heute machen." sagte ich zu mir selbst. Ich stand auf und schlurfte in die Küche. Okay, Mittagessen sollte ich auch noch. In meinem Gefrierschrank fand ich eine Packung Fischstäbchen und erinnerte mich an meine Kindheit. Ja, die gab es in meiner früher oft. Vater kochte uns unser Lieblingsgericht. Fischstäbchen, Kartoffelpüree, 5 Rädchen Karotten in Butter und Zucker gedünstet und viel Mayo. Oh das wollte ich heute auch essen. Papas Kindermenü. Kurz, einfach, knapp und schnell. Die Fischstäbchen legte ich zum Auftauen in den Kühlschrank. Püree aus der Tüte war kein Problem, das hatte ich immer da.

Nur Karotten hatte ich keine, so gab es eben nur Mayo als Beilage. Nach dem 3. Muffin startete ich dann auch schon. Mit der Hausreinigung von Bulli. Ich füllte den grössten Topf mit Wasser und fischte meinen Kampffisch aus dem Aquarium. Im Topf konnte er so warten, bis die Reinigungsarbeiten abgeschlossen waren. Ich suchte noch den Deckel, denn Bulli war sehr ungestüm und wollte immer alles ausserhalb seiner 4 Wände erkunden. Den Fischtopf stellte ich in die Ecke des Herdes. Nun begann die Grossaktion. Wer schon einmal ein Aquarium gereinigt hat, der weiss, wieviel Arbeit das ist. Und ich reinige dann auch wirklich alles. Selbst den Kies. Ich montierte alles ab. Pumpe, Licht, Heizstab und was sich eben so alles in einem Aquarium befindet und begann das Wasser abzulassen. Ich schleppte Eimer für Eimer Wasser ins Badezimmer. Ich schwitzte bereits nach kurzer Zeit. Also riss ich das Fenster auf.

Zu meinem Schreck sah ich meine Mutter auf der Strasse. Tatsächlich! Sie unterhielt sich mit dem neuen Postboten. Ich erstarrte. Wollte sie zu mir? Aber wohin hätte sie sonst wollen? Zudem wusste ich, Mutter hatte die Angewohnheit zu unpassenden Momenten in meiner Wohnung aufzutauchen. Oh nein! Gerade jetzt, ich hatte keine Lust auf ihren Besuch. Also Lust hatte ich eh nie, aber heute war ich beschäftigt. Ich hatte frei. Ich blickte mich um. Es sah schon recht chaotisch aus. Aquariumteile, Abdeckung, Kescher, Pumpe, Licht usw. lagen überall verstreut. Meine Sternchen - Schlafhose war nass bis zu den Knien und der Boden hatte Wasserflecken bis ins Badezimmer. Flugs rannte ich ins Schlafzimmer und riss, auf der Suche nach einer trockenen Hose, meine Kleider aus dem Schrank. Ich fand sie nicht und durchsuchte in aller Hast den Kleiderhaufen. Ich war auf der Suche nach einer bestimmten Hose. Einer schwarzen Samthose mit weitem Bund. Diese fand ich dann auch nach dem 2. Durchwühlen. Mein Schlafoberteil ersetzte ich durch eine Strickweste. Etwas Anders kam mir gerade nicht in die Finger. Okay. Haare sind sicher wild wie immer, die mussten jetzt wild bleiben. Ich hörte bereits die Haustüre und Schritte meiner Mutter im hellhörigen Haus. Ich putzte wie eine Wilde die Wasserflecken vom Boden, schob das Aquariumzubehör in eine Ecke des Zimmers und warf hastig 3 Sofakissen darüber. Gut versteckt, ich war stolz. Schon drehte sich der Schlüssel im Schloss. Gnädigerweise musste ich sagen, dass meine Mutter „Hallo" rief, bevor sie eintrat. Ich rief ein „Hallo" aus meinem gelben Ohrensessel zurück, in welchen ich mich ganz schnell hinein fläzte. Und dann stand sie vor mir. Mutter. Mit fest gezogenem Dutt und rotem Lippenstift. Die Farbwahl ihres Schals war wieder einmal perfekt abgestimmt und passte zum Karokleid und Lodenmantel. Ihre Ohrstecker blitzten, genauso wie ihre Augen.

„Hast Du heute nichts zu tun, dass Du am Vormittag schon so rumlümmeln kannst?" Sie stiess sie Türe zum Schlafzimmer auf und warf einen Blick hinein. „Ich habe heute frei." rief ich laut. Ich streckte mich zum Untermalung. Und lümmeln, naja, also ich hatte schon so richtig viel Arbeit. Mutter kam mit einem eisernen Blick zurück. Hatte sie mein Kleiderchaos gesehen? Was sucht sie auch in meinem Schlafzimmer? „Du könntest ja mal etwas für Dich machen, an Deinem freien Tag." Mutter hob das erste Sofakissen aus der Ecke auf: „Sofakissen gehören aufs Sofa und nicht auf den Boden. Darum heissen sie ja Sofakissen." Ahhhja! Als Mutter dann aber das Gerassel meines Aquariums fand, welches ich sorgfältig in die Ecke geschoben hatte, legte sie wortlos die Kissen zurück. „Ich meine, wenn Du schon frei hast, solltest Du Deine freie Zeit sinnvoll nutzen." Oh, hatte meine Mutter eine Überraschung für mich? Einen Gutschein in meinem Lieblingscafè? Jahrelanges gratis

Käsekuchenschlemmen? Stopp. Hallo Isolde! Mutter und Überraschungen – bitte keine Gutscheine erwarten. Der letzte Gutschein war das Probeabo im Fitnesstudio. Meine Alarmglocken begannen leise hin und her zu baumeln. Vielleicht ein Kleidergutschein. Das wäre doch einmal eine Idee. Ich schaute Mutter an. „Wie denn zum Beispiel?" fragte ich dann doch mal nach. „Also, ich habe für Dich einen Termin gemacht." Jetzt war es also raus. Meine Alarmglocken schwangen hin und her. „Einen Termin bei einer Ernährungsberaterin." Jetzt schepperte es in meinem Kopf aber schon gewaltig. „Wieso?" platze es aus mir heraus. „Ich fühle mich ganz wohl so wie ich bin!" Naja, also...na doch schon, aus Bequemlichkeit fühlte ich mich sau wohl. Streng schaute mich Mutter an: „Isi, Du achtest überhaupt nicht auf Dich. Hast Du denn schon einmal in den Spiegel geschaut? Ich meine so richtig? Sie stemmte ihre Hände in die Hüften und wartete wohl tatsächlich auf eine

Antwort. Naja, also ich schaue schon ab und zu ... was soll das? „Natürlich schaue ich in den Spiegel!" Mutter liess sich nicht aus dem Konzept bringen: „Andere in Deinem Alter.... also Du solltest Dich mehr pflegen, zu Dir schauen und vor allem endlich mal ein paar Kilo abnehmen!" Sie schritt in die Küche und rief. „Bei Dir gibt es ja nie etwas Richtiges zu essen. Ich sehe immer nur ungesunde Sachen in Dich Reinschaufeln." Ich schlurfte ihr hinterher und lehnte im Türrahmen. Ich wollte sie wettern lassen, heute hatte ich keine Lust auf Belehrungen. „Du hast sicher nur ungesunde Sachen in Deiner Küche." Sie schaute sich in der Küche um und öffnete die oberen Küchenschränke. „So kann man ja auch nicht abnehmen." Sie las die Kalorien und Zuckerangaben auf meiner Lieblingsmüslipackung laut vor. „Zudem ist sie auch Stilberaterin." „Wer denn?" fragte ich gelangweilt. Mutter stand vorm Herd und preschte herum: „Die Ernährungsberaterin natürlich. Isi, hörst Du mir überhaupt zu?" Sie wendete sich dem Fischtopf zu und fragte: „Und hier ist Dein Mittagessen?" Der Topfdeckel klapperte und Mutter schrie kurz auf. Sie hielt sich, wie sie es nun einmal gern tun, die Hand an die linke Brusthälfte und wedelte sich mit der rechten Hand Luft zu. Sie starrte auf meinen Siamesischen Kampffisch im Topf. „Was ist das?" „Ein Fisch Mutter, heute gibt es Fischsuppe." Also wenn das nicht gesund war....

Rückzug

Gell, Du kleiner Bulli Du, ich mach doch aus Dir keine Fischsuppe. Ich streute etwas Fischfutter in die Ecke und beobachtete ihn. War er überhaupt glücklich? Ihm musste doch langweilig sein, immer nur so allein von links nach rechts zu schwimmen. Ich setzte mich in den gelben Ohrensessel und schaute Bulli zu. Er schwamm schweigend hin und her und hin und her. Meine Augen folgten ihm. Hin und her und hin und ... ich gähnte herzhaft. Das war aber auch ein anstrengender Tag heute. Besonders der Zeitraum mit Mutter war anstrengend. Ernährungsberaterin, dachte ich. Pah! So etwas brauche ich doch nicht. Ich sah Mutter, wie sie in der Küche stand und alle Schränke öffnete. Sie hatte einen Leinensack mit Sternchen darauf um den Hals gebunden und rief: „Und eine

Eheberatung kannst Du dann auch gleich machen!" Sie nahm ein grosses Glas aus dem Schrank und öffnete es. Sie schüttete viele kleine Fische in einen Topf. Dann nahm sie den Pürierstab und pürierte die kleinen Fische. „Heute gibt es Fischsuppe!" rief sie und gab Salz und Pfeffer hinzu. Dann servierte sie die Fischsuppe in einer Schüssel und rief zum Essen. Mutter hatte eine Klammer auf der Nase. Sie mochte den Fischgeruch nicht. Ich lachte sie aus und sie lachte mit. Dann schütteten sie die restliche Fischsuppe in das Aquarium „Da Bulli, damit Du auch mal was Richtiges zu essen bekommst." Und gleich darauf schwammen goldene Fischstäbchen im Aquarium. Von der Fischsuppe hatte ich einen dicken Bauch bekommen. Mein Vater kam zur Tür herein und sägte aus der Tischplatte einen Halbkreis aus, damit ich mit dem dicken Bauch bequem am Tisch sitzen konnte.

So ein netter Vater, dachte ich. Immer hilfsbereit und aufmerksam. Vater löste sich auf und verschwand. Stattdessen stand Mutter neben mir. Sie rüttelte an meinem Stuhl. Ich murrte und sie rüttelte wieder. So öffnete ich widerwillig die Augen und, siehe da, da stand sie wirklich. Mutter! Sie hatte zwar keinen Leinensack am Hals, aber, es war definitiv meine Mutter. Sie roch frisch, sie kam wohl gerade vom Frisör. Ihre Haare leuchteten kraftvoll, genauso war auch ihre Stimme: „Nach reiflicher Überlegung und zu eigenen Schutz, gebe ich Dir Deinen Wohnungsschlüssel zurück. Ich kann einfach nicht mehr, Isolde." Ich blinzelte zweimal und wischte den Speichel aus meinem Mundwinkel. Ach, so ein Nickerchen ist doch was Feines, wenn das Aufwachen doch auch so angenehm wäre. „Huch was machst Du denn schon wieder hier?" staunte ich Mutter an. Sie legte den Schlüssel, nein – MEINEN Schlüssel- auf den Tisch und sagte: „Wenn Du dieses Leben willst, Isolde, dann soll es so sein. Ich habe alles versucht." Sie hüstelte und zog ihr Tuch fester. „Aber ich brauche Schutz. Jedes Mal, wenn ich bei Dir war, brauche ich am Abend meine Tabletten." Sie schob meine Stühle korrekt an den Tisch. Ich runzelte die Stirn. Tabletten? Welche Tabletten? Und was habe ich mit ihren Tabletten zu tun? „Ich muss mich einfach schützen, mir geht es immer schlecht nach einem Besuch." Okay. Ich beobachtete meine Mutter. Ja, sie sah schon etwas bleich aus. Sie fasste sich an die Stirn. „Ich werde ja auch nicht jünger." Ja, das werden wir alle nicht, liebe Mutter. „Und, sollte ich einmal den Besuch bei Dir nicht überleben, dann bist Du Schuld, Isolde. Nur Du." Sie tätschelte sich die Wangen. „Aber das wollen wir ja beide nicht. Nicht wahr?" Ich sass wie eine Eins im Sessel. Wie war das? Ich wollte diese ganz wichtige Frage noch stellen. Aber Mutter trat schon den Rückzug an, lief durch die Tür und drehte sich nicht um.

Wer war ich nochmal?

Als ich gestern Magdalena besuchte, spürte ich, wie
sehr ich sie vermisst hatte. Die schöne Polin hängte
gerade Wäsche im Garten auf. Ihre eigene Wäsche
und die von Frau Kramer. Kittelschürzen und
Miniröckchen, Stützstrümpfe und Nylons,
Unterhosen und Unterhöschen, kurze Sommertops
und lange Blusen. Magdalena trug ihr Haar
hochgesteckt. Ihr leichtes Sommerkleid in
fliederfarbenen Tönen gab ihr eine Beschwingtheit,
welche ich nie erreichen werde. Sie summte ein
Lied und hatte, wie immer, gute Laune. Wir fielen
uns in die Arme. Magdalena wohne Tür an Tür mit
Frau Kramer. Sie hatte eine eigene Wohnung im
Pflegeheim mit einer Verbindungstür zu Frau
Kramer. Zudem konnte sie einen Gartenteil nutzen,
was sie auch ausgiebig tat. Sie hatte sogar einen

Kirschbaum angepflanzt. „Oh Frau Isolde, wie viele
Freude." Sie nahm mich in den Arm und tanzte. Sie
war ein bisschen überschwänglich. Ihre gute Laune
war ansteckend. Wir setzten uns an einen kleinen
runden Tisch auf der Wiese und Magdalena erzählte.
Sie legte ihre Hand auf meinen Arm. „Wunderbare
Leben Frau Isolde. Frau Kramer ganz lieb, manchmal
etwas...wie sagt man. Bockig? Ja?" Sie lachte. „Aber
ist gute Frau." „Was macht die Liebe?" fragte ich.
Magdalena stütze ihr Kinn in die Hand und schaute
in den Himmel. „Nu, die macht Pause, die Liebe.
Muss warten wie auf Sonne im Winter." „Und
Pascal, Mann von Sophia?" „Oh, kann
vergessen." Magdalena winkte ab. „Hat immer
gesagt macht Scheidung, aber hat nicht gemacht.
Immer noch mit Frau." Die Polin stand auf. „Ich
kann nicht warten meine Leben lang. Dann
vielleicht verpasse ich grosse Liebe." Sie schlug mit
der flachen Hand auf den Tisch: „Pascal Mann will
immer nur Spass. Aber das vorbei jetzt!" Oh

134

Magdalena konnte ja richtig energisch sein. „Ja sicher, will ich Kinder und Familie. Brauche keine Autos und viele Geld. Brauche Liebe und eine gute Mann." Sie setzte sich wieder. „Gibt viele Männer für mich und für Dich, weisst Du Frau Isolde?" Sie schaute mich an. „Oder schon eine Mann gefunden?" Ich? Haha, nein, ich finde ja nicht einmal Pilze im Wald. Wir tranken eine Tasse guten Kaffee und schaufelten Kirschtorte in uns hinein. Wir schwatzten, kicherten und plauderten über alles. Magdalena vermisste ihre Familie in Polen und erzählte schwärmerisch von ihrem Dorf. „Oh so viele Wiese und Wald, viele Rehe und Bäume. Haben eine Bach in Dorf und alle Kinder baden im Sommer. Mutter hat immer Arbeit mit kochen und backen. Am Abend machen wir eine grosse Feuer in Garten und trinken Wein und Bier und singen Lieder. Ist eine gute Dorf. Niemand böse, alle arbeiten zusammen, Dorf wie eine grosse Familie. Alte Männer machen Schnaps, ist sehr gute..." „Oh jaaa!" Ich unterbrach ihre Schwärmereien. „Ich habe schon probiert." „Sliwowitz von Opa Miron?" Magdalena lachte. „Und? Gut war?" Ja, also, naja. „Die Flasche ist jedenfalls leer." Magdalenas Mund stand offen. „Alle getrunken, Du allein?" Ich zog eine Unschuldsmine und nickte. „ Oh Frau Isolde. Arme Frau Isolde!" Es hupte. „Ah Frau Kramer zurück von Ausflug mit Tochter." Magdalena stand auf. Ich wollte lieber im Garten bleiben und nicht unbedingt Frau Kramers Tochter, welche ja nun meine neue Chefin war, unter die Augen treten. Aber ich spionierte um die Ecke. Der dunkle Mercedes parkte vorm Haus, am Steuer sass Pascal. Kühl und emotionslos wurde Frau Kramer übergeben, wie ein Paket durch den Postboten, fehlte noch die Unterschrift. Sophia trug hohe Schuhe und einen engen Rock. Ihre Gesichtszüge wirkten versteinert. Sie zog ihren Lippenstift nach und wischte dann mit einem Tuch den Rücksitz ab. „Tschüss Mutter!" bekam sie noch über die Lippen. Pascal nickte zum Gruss, dann fuhren sie davon. Magdalena nahm Frau Kramer am Arm und führte sie in den Garten. Sie schüttelte für sie das Sitzkissen auf. „So schön, Frau Kramer wieder zu Hause." Frau Kramer setzte sich in den Korbsessel. „Ich ziehe Schuhe aus, können barfuss sein, Frau Kramer, heute sehr warm." Magdalena öffnete die Schuhe der alten Frau und zog ihre Strümpfe ab. „Viel gesund laufen ohne Strumpf und ohne Schuh." Frau Kramer nickte. „Wollen Sie eine Tee trinken Frau Kramer?" Frau Kramer nickte. Magdalena brachte Tee. Ich setzte mich neben die alte Frau. „Wunderschön ist es heute im Garten." sagte ich zu ihr. Frau Kramer nickte. „Haben sie den schönen Kirschbaum gesehen? Den hat Magdalena gepflanzt." Frau Kramer nickte und rührte in ihrer Tasse. „Mögen sie Kirschen?" „Kirschen?" Frau Kramer schaute mich fragend an. Dann schien sie zu überlegen. „Ja!" rief Magdalena aus. „Können backen Kuchen." Frau

Kramer strahlte. Sie summte plötzlich das Kinderlied: Backe backe Kuchen, der Bäcker hat gerufen. Aus dem Summen wurden Töne und sie sang und klatschte. Backe Backe Kuchen, der Bäcker hat gerufen. Dann schwieg sie wieder, rührte in ihrem Tee und murmelte dann plötzlich: „200 Gramm Butter, 250 Gramm Mehl, 4 Eier, Backpulver." Dann schwieg sie wieder. Sie tat, als ob die einen Teig rührte. Dann summte sie das Bäckerlied. „Und die Kirschen dürfen wir nicht vergessen!" Ich lachte. „Das ist das Wichtigste an einem Kirschkuchen." Die alte Frau zuckte zusammen und drehte sich zu mir. "Wer sind Sie?" Frau Kramers graublauen Augen schauten eindringlich und irgendwie freute ich mich, dass sie das fragte.

Zum Fressen gern

Es war doch so schön für Frau Kramer, dass sie eine nette Person um sich hatte und nicht allein war. Okay, es war nicht ihre eigene Tochter, die sich um sie kümmerte. Ihre eigene Tochter kann dies auch nicht, dafür fehlt Ihr Mitgefühl und Empathie. Doch Magdalena hatte dies alles. Bei ihr war Frau Kramer in guten Händen. Ich sass im Bus und war auf dem Heimweg. Meine Wangen waren noch warm und rot von der Nachmittagssonne und in meinem Mund tummelten sich noch die Geschmäcker von Kaffee und Kirschkuchen. Ich summte das Backe Backe Kuchen Lied und wippte mit dem Fuss. Ein Lächeln durchquerte mein Gesicht. Es ist schön, im Alter nicht allein zu sein. Und da schoss mir Bulli durch meinen Kopf. Ja, ich dachte an Bulli, wie der doch so allein in seinem Aquarium hin und her schwamm. War er denn glücklich so allein. Seine Artgenossen hatte er ja alle aufgefressen. Aber das war letztes Jahr, vielleicht ist ihm ja der Appetit auf Fische inzwischen vergangen. Ich wollte es nochmals versuchen und stieg an der nächsten Haltestelle aus. Ich wusste, was ich wollte. Ich wollte eine Dame. Eine Siamesische Kampffischdame. Zu Hause packte ich die Dame vorsichtig auf und zeigte sie Bulli. „Schau mal Bulli, das ist ShuShu, Deine Frau." Bulli schien kein Interesse an ihr zu haben, so durch die Aquariumscheiben. Aber, vielleicht war er auch kurzsichtig. Langsam setzte ich die Dame ins Wasser. Die beiden Fische begrüssten sich und ich beobachtete sie. Es sah alles gut aus. Ein gemeinsames Mahl kann nicht schaden dachte ich und fütterte ein wenig Fischfutter. Ich meine, Essen ist immer gut, Liebe geht bekanntlich durch den Magen. Ich brühte mir in der Küche einen Tee auf und setzte mich dann in meinen gelben Ohrensessel.

Ich beobachtete die beiden Turteltauben. Eigentlich könnten sie jetzt Kinder machen, dachte ich. Dann hätte ich einen Fischkindergarten. Ich stellte mir das Gewimmel im Aquarium vor. Ich stellte mir vor, wie ich immer durchzählen wollte und die lieben kleinen Fische aber immer hin und her schwammen. Und so bei meinen Vorstellungen schlief ich ein. Als ich dann irgendwann erwachte, war es bereits dunkel. Noch immer hatte ich meine Teetasse in der Hand, gut, war sie leer. Ich wischte meinen Speichel aus dem Mundwinkel und schleppte mich ins Bett. Ich schlief so lange, bis der Fensterbankwecker mich weckte. Er rasselte und schepperte was das Zeug hielt. Das konnte er gut. Aber das war auch seine Aufgabe. Bei mir hatte er es allerdings nicht leicht. Sein letztes Ring machte er, als er bereits am Boden lag, das war mein Zeichen aufzustehen. Ich streckte mich, gähnte herzhaft und schlurfte zum Aquarium. „Na, was machen denn so meine Turteltauben?" Bei ShuShu fehlte doch tatsächlich ein Stück der

Schwanzflosse. „Bulli!" schimpfte ich, Du kannst doch Deine Frau nicht anknabbern! Bulli antwortete nicht und schwamm ohne Entschuldigung hin und her. Ich überlegte. ShuShu ging es soweit ganz gut, ausser, dass sie nun einen Schönheitsfehler hatte. Ich fütterte mal zur Ablenkung und beide Fische frühstückten ihre Fisch Trockenflocken. Als ich von der Arbeit nach Hause kam, war ShuShu weg. Ich hob das Unterwasserschloss hoch. Nichts. Ich durchforstete alle Unterwasserpflanzen. Nichts. „Wo ist Deine Frau?" fragte ich und klopfte an die Scheibe. Bulli seilte einen langen Faden unterhalb seines Fischschwanzes ab und mir war klar, dass dies die Überreste seiner eintägigen Frau gewesen sein mussten. Ich war entsetzt! Er hatte seine Frau gefressen.

In der 9. Reihe oder so, jedenfalls nicht in der 1.

Das Vormittagsschläfchen hatte richtig gut getan.
Ich streckte mich und öffnete die Augen. Draussen
schien es hell und sonnig. Ich hörte Vögel
zwitschern und Kinder schreien. Neugierig schaute
ich aus dem Fenster. Tatsächlich, es war ein
wunderbarer Tag. Ich blickte auf meinen
Fensterbankwecker und dachte: eine richtig gute
Zeit um in den Tag zu starten. Und ich startete. Mit
dem Besuch im Badezimmer. Beim Zähneputzen
überlegte ich, was ich anziehen sollte. Ich wollte
raus, in die Sonne, in die Stadt und mich schick
machen. Vor meinen Augen schob ich meine Kleider
hin und her und sortierte Brauchbares und
Unbrauchbares aus. Okay, das Streifenkleid. Gute
Idee. Ich beeilte mich und hüpfte fröhlich ins
Schlafzimmer. Gefunden, das Streifenkleid. Nur sah

ich darin aus wie ein Streifenhörnchen. Den Reissverschluss brachte ich mit etwas Gewalt zu, aber trotz der Längsstreifen sah ich rund aus, wie ein Ballon mit Streifen. „Ne, das geht nicht." Ich warf es auf das Bett. Wie wäre es denn mit etwas Zweiteiligem? Ein lockeres Oberteil und unten herum halt irgendwas. Mit dem lockeren Oberteil begann schon das Problem bei der Lockerheit. Dann halt zuerst das Unterteil. Ich hielt eine Hose hoch. Eine dunkelgrüne Samthose. Die sah sehr edel aus. Was wichtiger war, sie sah zudem auch sehr weit und locker aus. Und, siehe da, tarraaa, sie passte zudem noch. Den Bauch konnte ich gut im oberen Teil der Hose verstecken. Okay, sie war ein wenig lang, aber, wer schaut denn auf die Beine, man schaut doch ins Gesicht, in die Augen. Richtig? Richtig! Ich nickte. Okay, untenherum war ich nun bereits top gekleidet. Ein paar Kleider – Wühl - Minuten später fand ich auch ein passendes Oberteil. Es war hell, hatte rosafarbene Stickereien und es passte. An dieses Teil konnte ich mich zwar nicht erinnern, aber was spielt das schon für eine Rolle. Ich klemmte links und rechts eine Haarklammer in mein Gestrüpp auf dem Kopf und schlüpfte in meine Stoffschläppchen. Tasche geschnappt und los geht's! Ich zog die Tür ins Schloss und sprang die Stufen hinunter. Es war so herrlich. Die Wärme der Sonne gab mir so ein angenehmes wohliges Gefühl. Ich lief bis in die Stadt durch die Fussgängerzone. Überall sassen die Menschen in der Sonne, assen das erste Eis oder relaxten einfach. Die Parkbänke waren alle besetzt und die Cafès voll. Oh so ein feiner Kaffee und ein tolles Stückchen Kuchen, das wäre jetzt etwas, wonach mir der Sinn steht. Ich leckte mir die Lippen, als ich an meinem Lieblingscafè vorbei lief. Die Gäste waren vergnügt, sie lachten und schlemmten. Es sah doch recht voll aus. Alle Plätze besetzt. Ohhhh doch da, was sahen denn da meine braunen Rehäuglein. Mitten drin, in der Menge, dort konnte ich doch einen kleinen runden Tisch und 2 freie Plätze erkennen. Ich tat so als hätte ich nichts gesehen und lief am Cafè vorbei. An der nächsten Eckte machte ich kehrt und wollte die Lage nochmals inspizieren. Langsam lief ich an das Café heran und schärfte meine Augen. Tatsächlich! Frei, einfach so 2 Plätze frei. Wie konnte das sein? Vielleicht stand ja ein „Reserviert" Schild drauf. Das untersuchte ich dann bei meinem 3. Durchgang. Nichts! Kein Schild, kein nichts, einfach frei. „Okay, Deine Chance. Das ist Dein Platz Isolde!" Ich machte an der Ecke wiederholt kehrt und lief schnurstracks dem Café entgegen und in die Menge der Gäste hinein. Das war gar nicht so einfach. Es war recht eng gestuhlt und meine Hosen waren zu lang. Entweder passte ich nicht durch die Tische und Stühle oder ich stand auf meinen langen Hosenbeinen. „Schuldigung...Schuldigung..." Ich versuchte sanft durch die Gäste zu rammeln. Einige Gäste mussten aufstehen, damit ich durchkam.

Damit nicht noch die Gläser auf dem Tisch umkippten. Andere grummelten und verzogen ihr Gesicht. Einer fühlte sich genervt und rief laut aus. Diese Person umrundete ich einfach. Ich zog meinen Bauch ein, was das Zeug hielt und steuerte tapfer auf den freien Tisch zu. Und, siehe da – ich erreichte ihn sogar gesund und ohne Schrammen. Geschafft, aber stolz liess ich mich in den Korbsessel fallen. Die Sonne schien zwar nicht auf meinen Platz, dafür stand sie zu hoch, das spielte jetzt keine Rolle. Als ich dann auch noch meine bestellten Kakao mit Sahne und ein Stück Kirschtorte bekam, war ich mit meinem Leben zufrieden. Was sollte es denn sonst auch Schöneres geben! Ich löffelte die Sahne vom Kakao und schloss die Augen. Fantastisch. Als ich die Augen wieder öffnete, fand ich Kakaoflecken auf meinem Oberteil. Genervt rieb ich mit der Serviette auf meiner Brust herum. Der Fleck wurde zwar nicht grösser, aber auch nicht kleiner. Ich befeuchtete die Serviette mit meiner Spucke und siehe da, er wurde

grösser. Oh nein! Ich blickte mich um. Hoffentlich
beobachtete mich keiner. Doch, ich wurde
beobachtet. Ein schlanker gross gewachsener
hübscher Kerl steuerte auf mich zu und liess mich
nicht aus den Augen. Dabei zeigte er auf den freien
Platz neben mir und nickte mir zu. Ja hoppala, was
war das denn? Mein Herz klopfte. Wollte er zu mir?
Galant schlängelte sich der Schönling durch die
sitzenden Gäste. Keiner murrte, keiner musste
seinetwegen aufstehen. Wie machte er das nur.
Sehr akrobatisch und wendig. Ich war etwas irritiert
und blickte mich um. Wollte der Schönling
tatsächlich zu mir? Er musste zu mir wollen, es gab
weit und breit keinen freien Platz. Wow. Isolde, Du
Glückskäfer, dachte ich. Röte stieg in mir auf und
Hitze auch. Feuchtigkeit sammelte sich rasant an
meinen Schläfen und unter den Augen. Ich hielt mit
Brustputzen inne. Mit atmen auch. Er liess mich
nicht aus den Augen, mein Herz raste, dann stand er
vor mir. Er deutete auf den freien Stuhl. „Ist der

frei." Oh diese göttlich Stimme. Er zeigte mir seine weissen Zähne bei einem Lächeln und wartete auf meine Antwort. Seine dunklen Locken hingen spielerisch im Gesicht, seine Haut war makellos und im linken Ohr steckte ein Ohrring. Ich war hin und weg. Ich sah mich bereits am Strand im heissen Sand liegen. Schönling brachte mir einen bunten Cocktail und cremte mir den Rücken ein. Der Schönling hüstelte und unterbrach das Eincremen. „Und? Ist der Stuhl frei?" „Ohh ja, ich bin frei." hauchte ich und nahm in Zeitlupe, ohne den Blick von ihm abzuwenden, meine Tasche aus dem freien Korbstuhl. „Also der Stuhl ist frei, meine ich."„Danke vielmals." Schönling schnappte sich den Stuhl, hob ihn über seinen Kopf, zwinkerte mir zu und trug den Stuhl fort. Einfach so. Fassungslos und mit offenem Munde schaute ich ihm nach. Er platzierte sich in der ersten Reihe an einen Tisch mit 3 Frauen, die ihn freudig begrüssten.

Ich schluckte. Ein Schweisstropfen lief mir über die Wange, vielleicht war es aber auch eine Träne. Tja, Isolde, so ist das, Du sitzt halt nicht in der ersten Reihe.

Die Kraft der Natur

So blieb ich allein, das ganze Leben lang werde ich allein bleiben. Mit Kakaofleck auf der Brust werde ich allein durchs Leben laufen. Ich bestellte noch ein Stück Kirchtorte und zwei Schnäpse dazu. Also, ich wusste zuerst nicht, dass das Schnaps ist, woher auch. Irgendwie bin ich da so reingerutscht. Kirschwasser – in der Natur liegt die Kraft. Ja, so stand das auf dem kleinen Aufsteller. Und es stand, wenn Du zwei nimmst, ist einer gratis. Na also, perfekte Sache. Woher sollte ich denn wissen, dass das eiskalter Alkohol ist. Ich dachte so an Kirschsaft. Und jetzt mal ehrlich „Kirschwasser" klingt ja nun auch nicht unbedingt nach Alkohol. Kirschwasser kam, Kirchtorte kam, ein weiterer Kakao mit Schlagsahne kam auch. Alles super, alles lecker. Beide Kirschwasser schütte ich hinterher und nachher schüttelte es mich. Mist, was war denn das zum Henker. Grauenvoll, ungewohnt, überraschend. Ich zahlte und mit Gepolter stand ich auf. Meine Beine summten ein wenig. Die Sonne hatte ihren Mittagsbogen abgeschlossen und versteckte sich nun hinter den ersten hohen Häusern. Der Schönling sass mit seinen Frauen immer noch in der ersten Reihe in der Sonne. Ich hingegen kämpfte mich auf Reihe 9 in Richtung Fussgängerzone. Ich wollte so unauffällig wie es nur ging die Terrasse des Cafés verlassen. Doch irgendwie war das nicht so einfach. Es konnte an meiner Fülle liegen oder aber auch an den überraschenden Kirschwasser. Nachdem ich mich durch die Menge gekämpft hatte, bog ich nach links ab um nicht am Schönling vorbei torkeln zu müssen. Ich torkelte? Ja, ich torkelte ein klein wenig. Meine Güte. Ich hätte müssen zwar nicht nach links abbiegen, aber ich dachte, so ein kleiner abendlicher Spaziergang kann doch nicht schaden, mit so einem vollgefressenen und

Kirschwässrigem Bauch. Zudem musste ich so nicht in der ersten reihe an dem Schönling in der Sonne vorbei. Ich stakste los. Meine Hosen waren immer noch zu lang und ich musste ganz lange Schritte machen, um nicht auf dem Hosenbund zu stehen. Mag sein, dass das vielleicht etwas komisch aussah, denn die Leute beobachteten mich, aber komischer hätte es ausgesehen, wäre ich mitten auf der Strasse hingefallen. Oder nicht? Also machte ich gaaaanz lange Schritte, als ob ich auf einem Seil balancieren wollte. Haha ja, so kam ich mir auch vor. Kirschwasser wirkte. Ich lief und lief und lief. Ich lief in die entgegengesetzte Richtung, da ich ja den Schönling umrunden wollte. Mein Magen rumorte etwas, wahrscheinlich war er nicht ganz so glücklich über den Inhalt. Dann hielt ich an und studierte die Strassenschilder. „Kastanienallee" okay, schön, nur nie gehört. Naja, ich lief weiter bist zur „Rosentalstrasse" Meine Güte, war ich noch in meiner Stadt? „Isolde, Du solltest kehrt machen." In der „Bachstrasse" tat ich das dann auch. So lief ich zurück Richtung Cafè. Mein Magen rumpelte laut. Ich blieb stehen. Was hatte er denn? Hatte ich etwas Falsches gegessen? Oder getrunken? Waren doch nur natürliche Sachen. Ich kicherte. Mein Magen nicht, der wurde aggressiv. Er polterte gewaltig laut und ich hatte plötzlich den Drang das stille Örtchen aufzusuchen. Panik brach aus. Jetzt? Hallo!? Wo soll ich jetzt ein WC herzaubern. Ich verkniff mir alles was ging, was allerdings zu Magenscherzen führte. Ich wollte dringend nach Hause. Ganz dringend. Der Druck wurde auch ganz dringend. Ich beeilte mich mit meinen langen Schritten durch die Alleen, Strassen und Gassen. Ich stakste über Plätze und Wege. Ab und zu blieb ich irgendwo versteckt stehen und presste meine Arme auf den Magen. Ich wollte schreien, aber das gehört sich nicht in der Öffentlichkeit, so hechelte ich nur wie eine Hochschwangere. So ähnlich sah ich ja auch aus, allerdings hätte die wahrscheinlich nicht so eine hohe Promillezahl intus gehabt. Mein Gesicht war rot, ich schwitze, ich presste meinen Hintern zusammen, hechelte wild herum und hatte wirklich grosse Probleme. Weiter vorn sah ich das Cafè. Ja und natürlich sass Schönling noch in der ersten Reihe. Jetzt zusammenreissen Isolde, dachte ich. Bauch rein, Brust raus, Lächeln aufsetzen und leicht, wie eine Feder vorbei schweben. Dass mit der Feder klappte nicht und das Lächeln hätte man als „Lächeln" anschreiben müssen. Brust raus war okay, Bauch rein war auch schwierig. Ohhh da kam wieder eine Rakete im Magen angeflogen. Ich blieb stehen, hockte mich hin, als ob ich meinen Schuh binden müsste, hielt die Luft an um so den Schmerz zu verdrängen. Der Drang ein WC zu besuchen war besonders hoch in dieser Stellung. Geschwind stand ich auf, mit purpurrotem Gesicht, hechelte unauffällig und schwebte mit langen Schritten weiter, vorbei am Cafè.

Ich schielte zum Schönlingtisch. Der erkannte mich tatsächlich auch und hob die Hand. „Danke nochmals." Ja ja, schon gut. Ich habe jetzt ganz andere Probleme. Mit zusammengekniffenem Mund zog ich eine Lächel - Grimasse und nickte nur. Der Schönlingtisch schwieg und alle schauten mir nach. Meine langen Schritte wurden immer länger, der Druck immer grösser. Meine Pobacken klebten schon förmlich zusammen. Ich könnte jetzt jeden Schwangerschafts – Hechelkurs mit Bravur absolvieren. Oh Herr im Himmel, ich brauche Hilfe. Der Herr brachte mir mein Heim nicht näher und meinte es auch so nicht besonders gut mit mir. Okay, vielleicht das eine Mal, als er die eine Fussgängerampel auf Grün schaltete. Das wars auch schon seitens seiner Grosszügigkeit. Ich wollte schreien, oder wenigstens weinen.

Schreien vor Schmerzen und weinen, weil ich kein mobiles Klo dabei hatte. Ich hätte es so dringend gebraucht. Mein Bauch machte so laute Geräusche, dass die anderen Fussgänger an der Ampel grösseren Abstand hielten, als man es sonst tun würde. Ich polterte und grollte vor mich hin bis ich das Hinterhofhaus sehen konnte. Ich schleppte mich gebückt an dem grossen LKW am Haus vorbei, wunderte mich noch ganz kurz über das Auto. Aber ich hatte wirklich zu wenig Zeit jetzt über Fahrzeuge nachzudenken. Ich war daheim, das war das Wichtigste. Ich sah mich bereits auf dem WC sitzen. Gott sei dank! Dachte ich. Haha, lachte der liebe Gott, bedank Dich nicht zu früh. Ich bin nicht sicher, ob ich immer geprüft werde, damit ich stark und reif für das Leben werden soll oder einfach nur, weil ich es nicht anders verdiene? Mit zusammengepressten Pobacken kroch ich auf allen Vieren die unendlich vielen Stufen zu meiner Wohnung hinauf.

Hier im Haus konnte ich endlich schreien. Ich war ja allein. Dachte ich. Die Tür von Frau Kramer stand offen und ich hörte Stimmen. Ich war etwas verdutzt. Doch was mich beunruhigte war, dass ich immer noch nicht schreien konnte. So hielt ich bei der nächsten grossen Rakete die Luft an, legte mich auf die kühlen Stufen und hechelte was das Zeug hielt. Und wenn ich jetzt nicht sofort auf einem WC sitze, dann geschieht ein Unglück. Endlich stand ich vor meiner Wohnungstüre. Schlüssel! Schlüssel...Schlüssel...Schlüssel...Schneller Isolde, wo ist der Schlüssel. Ich kramte, wühlte, suchte, riss und schüttete schlussendlich meine Tasche aus. Dann musste ich schreien, es ging einfach nicht anders. Der Schmerz war zu gross und der Drang ebenso. Ein erstauntes, lautes „Hallo?" hallte im Hausflur. „Schneller, Isolde, schneller!" Ich fand den Schlüssel und fummelte ihn nervös ins Schloss. Schritte kamen näher.

Es kam jemand die Stufen hoch. „Oh Gott, warum nur?" Ich jammerte vor mich hin. Endlich nahm das Schlüsselloch meinen Schlüssel auf. Und dann ging alles ganz schnell. Also wirklich sehr schnell.

Spasstag

Regen klopfte an mein Fenster und auf die Fensterbank. Ich streckte mich und öffnete mal ein Auge. Mein einäugiger Rundumblick ergab nichts Spektakuläres, ausser, dass es am Fenster hell schien. Draussen polterte und rumste es. Ein Nachmittags - Sommergewitter hatte sich ausgebreitet und es schien Bindfäden zu regnen.

An meiner Wohnungstür klopfte es. „Frau Isolde, ich bin Magdalena." Ich hüpfte aus dem Bett und öffnete der Polin die Türe. Dann schlüpfte ich wieder ins Bett. Verwundert folge Magdalena mir. „Du schlafen?" Nein nein, ich antwortete. „Ich habe schon geschlafen, jetzt muss ich mich ausruhen vom schlafen." „Du schlafen am Nachmittag bei so schöne Wetter?" Magdalena lachte und schlug mit der flachen Hand auf meine Bettdecke. Ich schaute verwundert. „Ja, natürlich, wenn man müde ist, soll man schlafen." Ich streckte mich. „Ausserdem ist kein schönes Wetter, so kann ich auch schlafen." „Du so lustig." Magdalena schaute mich an. „Du musst mit Wetter leben, nicht Wetter mit Dir." „Okay Magdalena." sagte ich. Verstanden hatte ich es nicht und sie war auch mit meinem okay nicht so zufrieden. „Du musst aufstehen, habe ich Überraschung heute." Das Wort Überraschungen hingegen verstehe ich gut. Ich liebte Überraschungen, die überraschen einen immer so. Magdalena verschwand für ein paar Sekunden und kam dann wieder in mein Schlafzimmer. Sie hatte ein Paket unter dem Arm. „Heute haben wir Spasstag." sagte sie, und stellte sich ans Fenster. Spasstag? Ich grübelte. Das klang lustig. „Was hast Du da im Paket?" Magdalena tat spannend. „Heute, wir bauen einen Pool." Sie zeigte mir ihr „Kinderplanschbeckenpaket.". Aha. „Wo denn?" „Nu im Garten, wo sonst. Denken in Deiner Küche? Hahaha." „Magdalena, es regnet doch!" Und zum Beweis donnerte es mächtig. „Es gewittert sogar, wir können doch nicht..." „Naturlich können wir Frau Isolde. Jetzt beste Zeit, wirst sehen, ist lustig. Und ist so viele warm draussen." Sie rüttelte mich am Arm. „Ist doch Sommer!" Sie packte das Paket aus und zog an einer rote Plastikplane. „Ausserdem heute Spasstag." Sie lachte. Steht im Kalender, kannst Du schauen." Da musste ich auch schmunzeln. Eigentlich war das überhaupt keine schlechte Idee.

161

Man sollte immer mal einen Spasstag einlegen. Ich sprang aus dem Bett und wollte helfen. Gemeinsam zogen wir an dem Plastikteil und breiteten es aus. „Und jetzt." Ich stemmte meine Hände in die Hüften und legte meinen Kopf schief. „Jetzt Luft blasen." Sie lachte und zauberte aus ihrer Tasche ein elektrisches Teil. „Nicht sorgen, Frau Isolde, geht alles allein." Geschwind steckte sie das Teil ein, befestigte das andere Ende an der Plastikplane und schaltete ein. Mit Getöse pumpte das Maschinchen Luft in das Plastik und wie von Zauberhand formte es sich zu einem Planschbecken. Na das war ja echt toll! „Fertig!" an ausgestreckter Hand präsentierte meine Lieblingspolin (ich kannte auch nur eine) das Planschbecken. „Wir müssen es in den Garten bringen." Magdalena nickte und schien aber irgendetwas zu überlegen. „Aber denkst Du passt in Haus?" fragte sie. Tja, das war das Problem, durch den engen Hausflur bekamen wir das Planschbecken nicht. Wir schauen uns um und unsere Blicke blieben an der Balkontüre hängen.

Wir schauten uns an, grinsten. „Sollen wir?" Klar

sollten wir! Wir schoben das Plaschteil auf den

Balkon und warfen es über die Brüstung. Es segelte

in den Vorgarten. „Los!" rief Magdalena. Sie

klatschte in die Hände. „Badetag!" Sie zog ihr

Sommerkleidchen ab und stand im Bikini vor mir.

Ups. Ans Abziehen hatte ich noch nicht gedacht.

Abziehen war auch nicht so ganz mein Ding.

Magdalena war natürlich eine Elfe, was auch sonst.

Ihr gelber Bikini sass tadellos und sah auf ihrer

Sommerbräune ganz wunderbar aus. Sie stand

schon in der Tür. „Komm, Frau Isolde, muss noch

Wasser in Pool, sonst heute nur

Trockenschwimmen." Sie winkte mir zu. „Komm

schon." „Ich muss mich noch umziehen, ich komme

nach." Magdalena sprang die Stufen im Haus

hinunter. Wenig später hörte ich sie im Vorgarten

lachen. Sie tanzte im Regen. Ach, sie ist so

lebensfroh, so unbekümmert. Ich war etwas

neidisch. Ich hingegen hatte schon wieder ein überraschendes – was ziehe ich jetzt an Problem-. Aber eigentlich war das doch egal. Es war Magdalena. Sie wird sich nicht für meine Figur interessieren. Ich kramte unter dem Bett, aus einem Karton einen Badeanzug hervor und stieg in diesen ein. Passte doch fast perfekt. Er war etwas knapp, aber es war eh immer alles knapp was ich trug, so war das auch heute, an unserem Spasstag doch egal. Ich wollte auch Spass und rief vom Balkon. „Ich komme!" Erschrocken schaute Magdalena zu mir hinauf. „Nicht springen!" Haha, Magdalena wieder. Ich sauste die Stufen hinab und stiess mit Rainer zusammen. Rainer! Huch! Ich war irritiert. Gehörte Rainer zu meinem Spasstag? Rainer musterte mich kurz: „Ich wollte nur schauen ob es Dir gut geht. Ich gehe auch gleich wieder." Ich war etwas ausser Atem und schaute Rainer verwundert an. „Ich habe mir Sorgen gemacht." Oh hatte er das? „Ich war vor einigen Tagen im Haus, Kramers Wohnung räumen

164

und hatte Schreie gehört." Hier im Haus? Ich überlegte. „Und ich dachte Du hast vielleicht ein Problem. Aber Du hattest die Türe nicht geöffnet und Deine Tasche lag vor der Tür, mit ausgeschüttetem Inhalt. Da hatte ich mir grosse Sorgen gemacht. Ich wollte schon die Polizei rufen." Draussen donnerte es und in diesem Moment fiel es mir wieder ein. Ja, das war doch dieser Kakao – Kuchen - Kirschwasser – WC Tag. Ohh ja, der war wirklich, wie soll ich das jetzt ausdrücken. Sehr prägend würde ich sagen. Ich fasste Rainer an die Schulter. „Danke, dass Du fragst, aber es ist alles gut." Rainer war aber noch nicht zufrieden. „Du hattest geschrien." „Ja, also ich hatte eine Maus gesehen darum hatte ich geschrien." Ich nickte zur Bestätigung und draussen donnerte es laut. „Aber ich hatte geklopft und gerufen, ganz lang." Oh, hast Du das? Mh ich hatte das gar nicht gehört. Naja, ich war ja auch beschäftigt.

Magdalena rief im Vorgarten. „Frau Isolde, jetzt viel

Regen von Himmel, extra für uns." Rainer stand in der Türe. Er stand so einfach da. Hatte ich ihn noch nicht beruhigt? Was wollte er? Was sollte ich tun. Er stand starr. „Mir geht es gut, Rainer." Wartete er noch auf etwas? Ich schaute ihn fragend an. Dann umarmte er mich kurz und liess mich aber auch gleich wieder los. „Entschuldigung, aber ich bin so froh, dass es Dir gut geht." Dann drehe er sich um und stapfte davon. Wow was war denn das? In meinem Herz gab es so kurze Stiche. Huch, sehr ungewöhnlich. Was war das? Völlig irritiert stand ich im Hof, im Badeanzug, im Regen. Rainer drehte sich nochmals um. „Ich hatte Dir auch geschrieben." rief er. Geschrieben? Ich machte ein fragendes Gesicht und zuckte mit den Schultern. „SMS!" rief er noch und verschwand im Regen. SMS? Okay, ich werde mich mal auf die Suche nach meinem Handy begeben. Aber jetzt hatte ich erst mal Spass an meinem Spasstag und hüpfte im warmen Regen in den Vorgarten zu Magdalena.

Gerettet

Trotzdem die Schlange an der Kasse in dieser wohlduftenden Burgerbude recht lang war, kam ich nicht drumherum mich auch anzustellen. Es zog mich wie auf einem Geruchslaufband einfach in die Bude hinein. Es kam links und rechts keine Abzweigung und so stand ich eben an der Kasse an. Der Kunde vor mir hatte wohl viel Spass, Alle lachten und kreischten. Was hatte er wohl bestellt? „Bitte schön, 3 Spassvögel zum Mitnehmen." Dann winkte der männliche Mitarbeiter mir zu. „Der nächste bitte." Der Nächste war ich. „Mein Name ist Karlo." Er beugte sich über die Theke. „Karlo mit K." flüsterte er und zwinkerte mir zu. „Wie kann ich helfen?" „Ich wollte es einfach machen. „Ich hätte gern einen Cheesburger und eine Cola." „Oki doki." sagte Karlo mit K, schaute mich an und meinte: „Dann brauche ich zuerst mal Ihre Masse." „Meine was bitte?" „Na Ihre Masse. Dass machen wir immer so. Wir vergleichen Ihre Werte, ob es überhaupt gut ist, Ihnen einen Burger zu verkaufen. Also, Ihren BMI bitte." Ich hatte doch keine Ahnung was ein BMI ist und ausserdem stand nirgendwo etwas von Angabe meiner Masse. Ich wusste was ein BMW war, ja, das weiss ja auch jeder. „Ich habe keinen BMI." antworte ich und Karlo mit K brach in Gelächter aus. „Er rief nach hinten: „Sie hat keinen BMI!" Die ganze Küche im Hintergrund lachte mit. Er schlug mit der flachen Hand auf die Theke. Dann sagte er in einem Singsang: „Sie sind echt lustig. Aber machen Sie sich keine Sorgen, das war nur ein Scherz." Er tippte auf seinem Bildschirm herum und sagte: „Wir brauchen Ihren BMI nicht." Er blickte mich an und lächelte freundlich. „Also Ihre Bestellung bitte?" Ich begann erneut. „Einen Cheesburger und eine Cola."

„Alles klar!" „Als Menü?" Wie als Menü? „Also einfach nur einen Burger und eine Cola bitte." Burger mit oder ohne Käse?" Mein Magen machte sich bemerkbar. „Mit Käse, Cheesburger eben." antwortete ich „...und Cola mit Cola." Also....Cheesburger mit Käse." murmelte der junge Mann in seinen Bart und tippte auf den Bildschirm. Dann blickte er kurz auf: „Cola light, Cola Zero, Cola normal? „Normal!" „Alles klar!...Cola gross, mittel oder klein?" „Mittel vielleicht?" Ich war etwas überfordert. Wenn das so weiter geht, verhungere ich in dieser Burgerbude. „Ja, ich weiss es nicht, das müssen Sie schon selbst wissen." Karlo mit K grinste breit. „Okay nehmen wir mittel!" „Wollen Sie Pommes dazu?"„Nein, nur einen Cheeburger und eine Cola." „Der Burger mit allem?" Mhhh welche Frage war denn das wieder? „Ja, mit allem." Karlo tippte herum. „Also auch mit Salat und Gurke und Tomate?" Fragend schaute er mich an. „Ja, wenn das alles ist, dann mit Salat,

Gurke und Tomate." Mein Bauch knurrte bereits laut. „Oki doki, alles klar." Karlo drehte sich einmal im Kreis und trommelte dann mit den Fingern auf der Theke herum. „Möchten Sie Mayo oder Ketchup?" „Nein danke." Karlo blickte mich an. „Kein Mayo?" „Nein."„Ketchup?" Ich schüttelte den Kopf. „Alles klar." Wenn alles klar war, warum fragte er mich ständig etwas? Hinter mir wurde die Schlange länger und murmelte bereits ungeduldig. Die beiden anderen Kassen waren geschlossen. „Wollen Sie nicht noch eine Kasse öffnen?" fragte ich hilfsbereit und deutete auf die lange Schlange hinter mir. „Nein nein, es regnet heute noch." murmelte Karlo. Aha, guter Grund. Ich war nachdenklich. „Soooo, alles zum Mitnehmen oder hier essen?" „Zum Mitnehmen." Hier wollte ich definitiv so schnell wie möglich raus. „Okay, alles klar." Karlo im Singsang rief nach hinten übers eine Schulter in die Küche: „Ein Cheesburger mit allem ohne Pommes zum Mitnehmen!" Dann drehte er sich zu mir: "Wo steht Ihr Pool?" Verblüfft schaute ich ihn an „Meinen Sie mein Auto?" „Wieso Auto?" polterte Karlo. „Ich fragte wo Ihr Pool steht, verstehen Sie das Wort Pool nicht?" „Ich habe keinen Pool dabei." „Waaaaaaas?" Er rief schnell nach hinten in die Küche und wedelte mit den Armen. „Abbruch, Abbruch, sie hat keinen Pool." „Aber müssen Sie mir doch sagen, nun müssen wir nochmals von Vorne anfangen." In der Burgerbude begann es zu regnen, einfach so, von der Deckte. Das Wasser lief mir über die Haare und übers Gesicht. Gut hatte ich einen Badeanzug an. Die Schlange hinter mir schimpfte laut. „Kein BMI, ein Cheesburger mit Käse, kein Menü und ohne Pommes, Burger mit allem, Salat, Tomate und Gurke, kein Mayo und kein Ketchup, Cola normal mit viel Zucker in mittlerer Grösse, kein Pool!" So, da war ich! Und ich war stolz. Karlo schaute mich an: „Burger sind leider aus." Jetzt war ich aber sauer und stampfte mit dem Fuss auf. Ich fuchtelte mit

171

den Armen und haute auf die Theke. „Ich will einen Cheesburger!" Karlo zuckte mit den Schultern. „Die sind halt schnell aus an einem Spasstag." Die Schlange hinter mir rückte immer näher auf mich zu und drückte mich gegen die Theke. Sie riefen im Chor: „Burger! Burger! Burger!" Bald würde man mich zerquetschen wie eine reife Frucht. Ich bekam Angst und schrie um Hilfe. Karlo hinter der Theke verwandelte sich zu Rainer. Ich war froh, ein bekanntes Gesicht zu sehen. „Komm, Isolde, ich helfe Dir." Er nahm meine Hände und zog mich hinter die Theke. Dort umarmte er mich und drückte mich an sich. Wir standen im Regen und hielten uns fest. "Ich bin so froh, dass Dir nichts passiert ist."

Besser Plüsch - Leos als gar nichts

Das sagte er immer wieder. „Ich bin so froh, dass Dir nichts passiert ist." Dabei stieg uns das Wasser langsam bis zu den Knien. Aber, wir liessen uns nicht los. Rainer war so weich und kuschelig. Ich streichelte seinen Kopf. Er fühlte sich flauschig an. „Und ich bin froh, dass Du da bist." flüsterte ich in sein Ohr. Als uns das Wasser bis zum Hals stand, küsste er mich auf den Mund. Sein Gesicht kitzelte. Ich kicherte. Er roch ein wenig nach Kaninchen, oder Katze. Ich spürte Fell in meinem Mund, drückte ihn weg und riss die Augen auf! Meine Burgerbude war verschwunden, wahrscheinlich schon weggeschwemmt, dafür lag ich eingerollt im Bett und hatte Plüsch – Leo im Arm. Also ich hatte ihn nicht nur im Arm, ich hatte ihn ganz fest an meine Wange gedruckt und...oh nein, hatte ich vielleicht Plüsch - Leo geküsst? Ich warf Leo zu Seite und schimpfte mit ihm. „Was soll das Leo, Du kannst mich doch nicht einfach küssen!" Naja, wenn man sonst keinen hat, muss man eben Plüsch Leos küssen. Ich lachte laut vor mich hin und schüttelte nachdenklich den Kopf. So ein komischer Traum, es war mir fast schon etwas peinlich, dass ich Rainer geküsst hatte, im Badeanzug, unter Wasser. Okay, es war nur ein Traum und bekanntlich kann keiner was für Seine Träume. Obwohl Oma immer sagte, man träumt, dass einem im Unterbewusstsein beschäftigt. Haha ja, und was sollte das bei mir sein? Okay ich wollte da nicht länger darüber nachdenken, aber ich wollte mich auf die Suche nach meinem Handy machen. Das musste in irgendeiner Schublade liegen. Ich konnte mich schon gar nicht mehr erinnern, wann ich es zum letzten Mal in der Hand hatte. Ich sprang aus dem Bett und riss die Schubladen meines Kleiderschrankes auf. Und...tatsächlich. Ein Griff und schon gefunden. Mehrere Griffe brauchte es aber, bis ich das Ladekabel fand. Das Handy war natürlich nicht aufgeladen. Also, eingestöpselt und einen Tee aufgebrüht. Als der Wasserkessel laut vor sich hin pfiff, kam mir schon wieder Rainer in den Sinn. Er hatte mir damals den Wasserkessel verkauft. Ich erinnerte mich auch an das Malheur mit meinem Prachtkleid und an unser gemeinsames scharfes Entschuldigungs – Essen. Ich lächelte vor mich hin und goss in Gedanken das heisse Wasser auf meinen Teebeutel. Es stichelte in meiner Herzgegend. Das war sicher die Vorfreude auf den frischen Salbeitee. Ich setzte mich in meinen gelben Ohrensessel und schaltete mein Handy an. Zuerst piepste es in einer Tour. Einige Nachrichten waren von Mutter! Ohhh Mutter hatte ihre Besuche bei mir doch tatsächlich immer mit - ich komme heute - angekündigt. Elsa, die das Klassentreffen organisierte, hatte mich auch versucht zu erreichen. Kein Wunder, ich war angemeldet, tauchte aber nie aus dem dichten Wald auf. Von Rainer waren 5 Nachrichten zu lesen. Er bedankte sich für den schönen Abend. Er fragte wie es mir geht. Er fragte, ob ich mit ihm einen Kaffee trinken möchte. Er fragte, ob ich noch lebe und er schickte Grüsse aus Frankreich mit einem Bild vor dem Eiffelturm. Oh das war aber sehr nett und ich hatte mich nie gemeldet. Böse Isolde, ganz böse. So schickte ich ihm ein Bild von Bulli zurück und schrieb: „Ich bin munter, wie ein Fisch im Wasser." Oder war das doof? Naja, war eh schon zu spät, da der Finger schneller war als das Hirn. Tja nun ist es halt so. „Gell Bulli?" Ich drehte mich zu meinem Haustier um. Seit Bulli seine Frau gefressen hatte, hatte ich kein Wort mehr mit ihm geredet. Ich strafte ihn mit Missachtung. Weder ein guten Morgen noch gute Nacht und schweigend bekam er auch sein Futter. Schweigend kam mir plötzlich eine Idee.

Schweigend verliess ich das Haus und schweigend kam ich mit meiner Idee wieder nach Hause. Die Idee taufte ich Jolanda.

ungeklärt

Jolanda war ein Geschenk für Bulli. Und es kam von Herzen. Jolanda war ungeniessbar, schweigsam und nicht aufmüpfig - sie war ein kleiner bunter hübscher Plastikfisch. Diesen Plastikfisch legte ich auf die Wasseroberfläche und Bulli, so schien mir, war sofort verliebt. Er liess Jolanda keine Sekunde aus den Augen und wich ihr nicht von der Seite.Manchmal zupfte er an dem weichen Plastikschwanz und Jolanda tauchte mit ihm unter.

Aber ich war mir sicher, Jolanda wird länger leben als seine bereits verdaute Frau ShuShu. Ich war glücklich, Bulli war glücklich, Jolanda sicher auch, ich konnte sie ja nicht fragen. Sie wippte sanft mit den Wellen und lächelte immerzu gleich. Ich freute mich ein gutes Werk getan zu haben. Die beiden Turtelfische fotografierte ich und schickte Rainer eine SMS mit einigen roten Herzen und schrieb dazu: „verliebt". Dass ich aber vergass das Foto von Bulli und Jolanda hinzufügen warf dann doch ein paar ungeklärte Fragen auf. Unsere Konversation machte grosse Sprünge. Nur wenige Sekunden später kam die Antwort SMS von Rainer. „Wirklich? Oh Isolde, ich bin so happy." Wow Rainer schien sich ja sehr über meine Verkupplung zu freuen. Naja, das war ja aber auch süss, wie die beiden so stumm vor sich hin turtelten. Also Bulli turtelte. Jolanda musste mit turteln, ob sie wollte, oder nicht. "Ich hatte gar nicht mehr damit gerechnet." schrieb er.

Nicht damit gerechnet? Ich hatte damit ja auch nicht gerechnet. Die Idee mit dem Plastikfisch kam mir halt spontan. „Ja, es ging ein bisschen länger." antwortete ich „Und jetzt?" so fragte Rainer in seiner nächsten SMS. „Wie geht es weiter." Tja, ich überlegte, viel passieren wird da ja nicht. „Also Kinder wird es wohl keine geben." schrieb ich ihm zurück. Dazu schickte ich ein Tränen - Lach - Smiley. Mein Handy blieb lange ruhig. Als es wieder piepste las ich die SMS von Rainer. „Ich bin übrigens auch verliebt." Oh, das muss jetzt aber auch schnell gegangen sein. Ich runzelte die Stirn und überlegte kurz. Beim letzten Treffen war der definitiv noch Single. „Das freut mich sehr für Dich." schrieb ich ihm zurück. Rainer hat eine Freundin, na so was! „Schon bei der ersten Begegnung bei mir im Laden, spürte ich eine Verbindung." Aha. Noch eine, die bei ihm alte pfeifende Wasserkessel kauft?

Ja, der Rainer, der grosse sanftmütige Bär, wer hätte das gedacht. Hat er doch eine Freundin. „Es gibt halt für jedes Töpfchen ein Deckelchen." schrieb ich weise zurück. Als er mir dann ein grosses rotes Herz schickte, legte sich ein grosses Fragezeichen zwischen meine Augen. Ich hatte so ein komisches Gefühl. Ich schaltete das Handy ab und legte es wieder in meine Schublade. Dieses Fragezeichen hing am Abend immer noch. Gab es da ein paar ungeklärte Fragen?

Besuch

Okay, ich gebe zu, dass ich schon etwas in Gedanken war, als ich so von der Bushaltestelle nach Hause schlenderte. Mir gingen die Herzchen, von Rainer nicht aus dem Kopf. Wieso schickt er mir Herzchen? Vielleicht aber auch, war das Bild so gewohnt, dass ich gar nicht darüber nachdachte. Mein altes Hinterhofhaus mit den grünen Fensterläden, die Sonnenblumen im Vorgarten, die aus meinem Vogelfutter gewachsen sind, die kleine Bank mit dem Tischlein vor dem Haus und die alte Frau, die unter dem Vordach sitzt. Frau Kramer. Sie winkte. „Da sind sie ja." Ich blieb sprachlos stehen. „Ich warte schon den ganzen Tag." Also heute Morgen sass sie aber noch nicht da. Können Sie mir einen Tee bringen?" „Frau Kramer, ähm..."

Ich stotterte etwas herum. „Was machen Sie denn hier?" Ich schaute mich um. „Wo ist Magdalena?" Frau Kramer legte ihren Finger hinters Ohr. „Hä?" Ich setzte mich zu ihr auf die Bank. Und laut und deutlich fragte ich nach Magdalena. „Ich glaube sie ist noch in der Schule. Sie hat heute eine Prüfung. Und dann muss sie aufs Feld." Frau Kramer schaukelte mit den Beinen. „Wie kommen Sie denn hier her?" Und vorallem, wie kommt sie wieder zurück. „Ich wohne hier, mein Kind." Oje. „Frau Kramer, Sie wohnen hier nicht mehr, Sie..." Sie unterbrach mich mit ihrem Blick. „Also sie sind umgezogen. Nur noch ich wohne hier in diesem Haus." Die alte Frau schaute ruhig in die Ferne. „Das Haus wird in ein paar Monaten abgerissen." Ich legte meine Hand auf ihren Arm. „Verstehen Sie das?" Frau Kramer wollte dies gar nicht verstehen und stiess mich in die Seite. „Was denken Sie sich.

Sie können doch nicht mein Haus abreissen." Sie
stand wackelig auf und schlug energisch mit der
flachen Hand auf den Tisch. „Und jetzt will ich einen
Tee!"

Haben Sie Herbert gesehen?

Okay, ganz ruhig. Nachdenken, Isolde. Ich sagte
ruhig aber bestimmt: „Ich hole Ihren Tee und Sie
bleiben hier sitzen." Frau Kramer nickte und setzte
sich. Sie legte ihre Hände in den Schoss und lehnte
den Kopf an die Hauswand. Ich sauste, so schnell
meine kleinen Füsse meinen schweren Körper
tragen konnten, die Treppe hinauf, setzte den
Wasserkessel auf, holte im Schlafzimmer das Handy

183

aus der Schublade und lief zwischendurch 2 x auf den Balkon und rief: „Ich komme gleich Frau Kramer." Ich hatte Bedenken, dass Frau Kramer einfach davon läuft. Wenn sie schon hier war, musste ich sie auch aufhalten und Magdalena informieren. Als ich kurze Zeit später wieder vor dem Haus stand, bewegte sich Frau Kramer nicht. Ihre Augen waren geschlossen und ihr Kopf lehnte ruhig an der Wand. Ich setzte mich leise an den Tisch. Schlief sie? Sie bewegte sich nicht. Ich beobachte sie eine Weile. Dann stellte ich mich dicht neben sie und rief sanft: „Hallo, Frau Kramer, der Tee ist fertig." Es tat sich nichts. Ich rüttelte ein ganz klein wenig an ihrem Arm. Nichts. Atmete sie überhaupt. Oh lieber Gott, lass Frau Kramer nicht tot sein. Ich merkte, dass ich nervös wurde. In meinem Nacken sammelte sich bereits Nervositässchweiss. Auch ein leichtes Rütteln an der Schulter brachte keine Veränderung. Ich beobachtete sie angestrengt.

Sie trug einen Mantel und ich konnte nicht erkennen, ob sie unter dem Mantel lebte oder zumindest atmete. Alte Menschen schnarchen doch, wenn sie schlafen, oder ist das nicht so? Ganz langsam und vorsichtig schob ich mein rechtes Ohr vor ihr Gesicht. In dieser Position blieb ich eine Weile und hielt mich zur Stabilisierung an der Tischkante fest. Nichts, ich spürte einfach nichts. Keine Regung einer Atmung, keinen Atemzug, nichts! Meine Güte, meine Güte. Ich schaute direkt in ihr Gesicht, in ihre geschlossenen Augen. Also auf, natürlich, auf die geschlossenen Augen. Vielleicht zuckte ja mal ein Auge. Schief hing ich über ihrem Oberkörper pustete ihr mit meinem Mund Luft ins Gesicht. Plötzlich riss sie die Augen auf, ich auch. Ich verlor den Halt und landete in ihrem Schoss. Frau Kramer schrie, ich schrie mit, aber nur, weil ich so erschrocken war. Warum sie schrie, wusste ich nicht, vielleicht, weil sie doch nicht tot war. Ich grabbelte von ihrem Körper herunter und strich mir eine

Strähne aus dem Gesicht. Wortlos schob ich ihr den Tee vor die Nase. Frau Kramer atmete noch eine Weile heftig, ich, nebenbei bemerkt auch, tat aber nicht so. Die alte Frau rührte dann in ihrem Tee, als sie sich wieder beruhigt hatte. Da ich diese Situation ihr eh nicht erklären konnte, musste ich mir auch keine Erklärung überlegen oder ausdenken. Ich schaltete mein Handy an und zuerst kamen ein paar SMS von Rainer ins Haus geflattert. Aber, ich hatte jetzt Wichtigeres zu tun – ich musste Magdalena benachrichtigen. Frau Kramer liess mich nicht aus den Augen. Es klingelte. Und klingelte und klingelte. Da, endlich. Aber ich kam gar nicht zu Wort. „Isolde, keine Zeit ich habe zu reden...Ich Problem." Magdalena war ganz ausser Atem, sie hörte sich sehr aufgeregt an. „Frau Kramer weg."„Frau Kramer hier!" sagte ich schnell, bevor sie auflegen würde. Einige Sekunden war es ruhig. „Oh Isolde, Du rette mich, ich komme sofort. Schauen, nicht weglaufen Frau Kramer." „Wie soll ich das machen?" Ich hatte da so meine Bedenken. Irgendwie hatte ich die alte Frau nicht so im Griff. Sie rührte zwar noch im Tee und beobachtete die Spatzen in den Sonnenblumen, aber die Situation konnte sich ja jederzeit ändern. Und da änderte sich sie schon. Frau Kramer stand auf. „Schnell, sag was ich tun kann." „Nu spielen und singen. Frau Kramer gerne singen." Dann legte sie auf. Singen? Ha! Ich schüttelte den Kopf, was soll ich denn singen? Ich kann doch gar nicht singen. Frau Kramer schlurfte in den Vorgarten und verscheuchte die Spatzen. „Kisch Kisch" machte sie immer wieder. Dabei wedelte sie mit den Händen. Ich hatte Angst, dass sie das Gleichgewicht verlieren könnte, aber sie hielt sich tapfer. Ich folgte ihr auf jeden Schritt. Suchte sie etwas? Sie schaute sich ständig um. Sie lief um das ganze Haus und rief nach Herbert. Ich verdrehte die Augen. Sollte ich ihr erklären, dass ihre Katze Herbert jetzt bei ihr im Pflegeheim wohnt? Sie suchte in den Büschen und schaute hinter jede Ecke.

187

„Herbert...Herbert!" „Kommen Sie Frau Kramer, wir setzen uns wieder hin." rief ich. Frau Kramer lief weiter. „Wir können ein Spiel spielen." „Herbert!" rief sie. „Oder halt ein Lied singen." Sie blieb stehen und drehte sich zu mir um. „Haben Sie Herbert gesehen?"

Nicht fragen. Laufen!

Wir können ihn suchen." sagte ich und fand, das war mal eine tolle Idee. So konnte ich Frau Kramer beschäftigen und bei mir behalten bis Magdalena käme. Noch war von ihr weit und breit nichts zu sehen. Frau Kramer nickte zustimmend und wir riefen abwechselnd nach Herbert. So suchten und riefen wir nach dem Kater, der nicht kommen wird. Frau Kramer tat mir etwas leid, nie wird sie Herbert hier finden. Dieser lag wahrscheinlich im Garten des Pflegeheimes unter dem Kirschbaum im Gras, an seinem Lieblingsplätzchen. Doch irgendwie musste ich es schaffen, Frau Kramer hier zu behalten. Denn plötzlich machte sie kehrt und lief davon. Ich eilte ihr nach und wurde schon nervös.

Musste ich sie an die Hand nehmen? Oder gar irgendwo anbinden? Ich versuchte sie am Arm zu halten. „Wo wollen Sie Frau Kramer, wir wollen doch Herbert suchen." Frau Kramer schaute mich an, schluckte und begann dann zu weinen. Völlig erschrocken liess ich sie los und wollte sie beruhigen. Was hatte sie nur? Sie weinte einfach. Oh die arme Alte. Was konnte ich denn nur tun? Ich führte sie langsam wieder zum Tisch und sagte: „Wir trinken noch einen Tee, ist das gut Frau Kramer?" Sie nickte und die letzte Träne rollte ihr über die Wange. Dann setzte sie sich und rührte im kalt gewordenen Tee. Ich setzte mich ihr gegenüber und beobachtete sie. Sie starrte auf ihre Tasse. „Ich habe heute nichts zu essen bekommen." sagte sie. „Und gestern auch nicht." Dann lachte sie und wiegte sich sanft hin und her. Sie summte eine Melodie. „Schlaf Kindlein schlaf." Ah das kannte ich und freute mich. Meine Oma sang es oft vor dem Schlafen.

Ich summte die Melodie mit und dann fielen mir auch ein paar Wörter zu Lied ein. „Dein Vater ist ein Schaf...." Ach nein, das war falsch. Ich kicherte. Wie war denn das noch? Unbekümmert summte Frau Kramer und ich überlegte. Ja, jetzt habe ich es. „Vater hütet's Schaf, Mutter schüttelt's Bäumelein, herab da fällt..." Ahhja, genau, so war das. Ja, lang ist es her. Als mir der Text eingefallen war, sag ich laut mit und auch wiegte mich hin und her. Musste wohl an dem Lied liegen. Auch Frau Kramer sang murmelnd und wurde immer lauter. Die Melodie stimmte. Allerdings war ihr Text ein ganz anderer. Ich stutzte. „Maikäfer, flieg! Dein Vater ist im Krieg, deine Mutter ist in Pommerland, Pommerland ist abgebrannt. Maikäfer, flieg!" Wieso sang sie diesen Text? Ich kannte das Lied anders, als Schlaflied eben. Besonders aufbauend war ihr Text aber nicht. Doch für Frau Kramer stimmte das so. Sie hatte die Augen geschlossen. Ihre faltigen Hände ruhten im Mantelschoss, lediglich der Oberkörper wiegte sich sanft hin und her. Und sie sag laut ihr Maikäfer-Kriegslied. „Vater ist im Krieg....Pommerland ist abgebrannt..." Sie sang sehr laut. Mein Telefon klingelte. Magdalena! Oh ich war erleichtert. „Frau Kramer noch da?" keuchte sie. „Nicht weglaufen?" „Ja, ja wir sitzen vor dem Haus am Tisch. Sie singt vom Krieg und Maikäfern." Magdalena schien erleichtert, „Gut, Frau Isolde, in 2 Minuten ich bin da." Doch schon nach paar Sekunden hörte ich ihre Fahrradklingel. Frau Kramer verstummte, riss die Augen auf und winkte, als sie Magdalena auf dem Fahrrad anradeln sah. Erschöpft liess sich Magdalena auf die Bank fallen. Frau Kramer sagte: „Mädel, das hast Du gut gemacht." Sie lächelte und nickte. „Sehr gut gemacht." Wovon sprach Frau Kramer da nur. Auch Magdalena zuckte mit den Schultern. „Gut gemacht, gut gemacht." wiederholte sich die alte Frau. Magdalenas Handy piepste. Dann wurde sie unruhig. „Schnell, Frau Isolde, holen Tee, viel Tee." Die junge

Polin stand auf und lief aufgeregt im Kreis. Tee und
Kekse? Okay, ich wusste zwar nicht wieso, fragte
aber auch nicht. Magdalenas Blick nach zu urteilen
schien es wichtig. „Nu schnell!" Ich raste die Stufen
zu meiner Wohnung hinauf, füllte eine Kanne
Wasser und war ein paar Teebeutel hinein. Dann
riss ich meine Fressschublade auf und suchte nach
Essbarem. Ich fand 2 zerdrückte Mohrenköpfe Ha!
Wo kommen die Teile denn her. Ich überlegte.
Waren die nicht vom letzten Betriebsausflug? Das
musste aber schon eine Weile her sein. Ich kramte
in meinem Hirn. Vorletztes Jahr? Als Kalte Küchen
Hilfe Fred vom Stuhl fiel oder war es doch noch ein
Jahr länger? Mhh ich rechnete und zählte an den
Fingern. „Frau Isooooolde! Machen schnell!" Ahh
Magdalena! Ich lief auf den Balkon und zeigte
meine beiden Mohrenköpfe. „Muss bitte schneller
machen, kommt Sophia, Tochter von Frau
Kramer!" Oh das allerdings verhiess nichts Gutes.
Magdalena bestätigte dies. „Muss vorbereiten sonst

haben Probleme." Ja, das konnte ich mir durchaus gut vorstellen. Was Magdalena vorbereiten wollte, wusste ich zwar nicht, aber ich widmete mich wieder meiner Fressschublade. Eine halbe Packung Zwieback, 3 Butterkekse und 2 Marzipanhäschen. Das war alles? Hinter Geschirrtüchern fand sich noch eine Packung Gummizeugs mit saurem Zucker drauf und 2 kleine Packungen Waffeln mit Zitronencremefüllung. Alles hamsterte ich zusammen und erschien vollbeladen wieder vor dem Haus. „Und Decke und Kissen holen, Frau Isolde." Fragend schaute ich Magdalena an. „Wollen wir draussen übernachten?" Also ein Zelt hatte ich nämlich nicht. Und so warm waren die Nächte jetzt auch nicht mehr. Magdalena stiess mich in die Seite. „Nicht fragen Frau Isolde. Laufen!"

Hauptsache Tee und Mohrenköpfe

Ich hastete hinauf und holte Decken und Kissen.
Magdalena mummelte damit Frau Kramer ein. Ihr
Fahrrad versteckte sie noch hinter dem Haus und
schon kam der schwarze Mercedes auf den Hof
gefahren. Sophia entstieg dem Schlitten. Sie trug
ein dunkelblaues Kostüm und einen weiten beigen
Hut auf dem Kopf. Der Ausstieg war des Hutes
wegen nicht ganz so einfach, da sie diesen nicht
absetzte. Ihre weissen hochhackigen Schuhe
knirschten im Kies. Sie nahm die Sonnenbrille von
der Nase und stakste, so schnell sie konnte durch
den Kies auf uns zu. Vor dem Tisch blieb sie
angespannt stehen und schaute Mutter an. „Klasse
Mutter, alle Welt sucht Dich und Du sitzt hier
gemütlich bei Kaffee und Kuchen." Frau Kramer
schaute auf, runzelte die Stirn und murmelte.

„Keinen Kaffee bitte." Sie rührte in ihrer Tasse.

„Kaffee mag ich nicht." „Mutter." begann Sophia

nun sanfter. „Du kannst doch nicht einfach

weglaufen." Sie berührte kurz den Arm ihrer Mutter,

zog ihre Hand aber gleich wieder weg. „Wir haben

uns Sorgen gemacht." Frau Kramer zerbröselte die

Butterkekse und zerdrückte diese dann mit dem

Finger auf dem Tisch. Hörte sie überhaupt zu? Na

und wenn, Frau Kramer wusste eh nicht, was

geschehen ist. „Herbert ist weg." murmelte sie

zittrig. „Keine Sorgen, Herbert warten in

Haus." antwortete Magdalena schnell, denn Sophia

verdrehte nämlich schon ihre Augen. Ich sagte

keinen Mucks, mir war die Situation gar nicht

angenehm. Sophia übersah mich zwar sowieso,

aber ich wollte auch nicht, dass sie mich erkennt.

Sie hatte mit ihrer Mutter genug zu tun. „Alle sind

weg." Frau Kramer begann zu weinen, ganz leise.

Dann summte sie die Melodie von „Schlaf Kindlein

Schlaf" und kurz darauf sang sie den Text ihres

Liedes. „Maikäfer, flieg! Dein Vater ist im Krieg,
deine Mutter ist in Pommerland..."Sophia, Kramers
Tochter stand auf und schien recht hilflos. „Wir
sollten jetzt gehen." sagte sie zu Magdalena. Sie
nahm ihrer Mutter den Löffel aus der Hand und
schob die Tasse beiseite und sagte zu ihr: „Wir
fahren jetzt nach Hause." Frau Kramer blickte auf.
„In ein neues oder altes zu Hause?" fragte sie. „Na,
in Dein neues zu Hause." rief Kramers Tochter.
„Wieder ein neues zu Hause...immer wieder neues
zu Hause." murmelte die alte Frau. Sie steckte sich
nach und nach alle Fresssachen vom in ihre
Manteltaschen. „Mutter, das brauchst Du nicht
mitnehmen." Sophia nahm ihr die Sachen wieder
aus den Taschen und Frau Kramer steckte sie
wieder ein. „Mutter!" Sophia schien ungehalten.
Fahrig kramte sie nach ihrem Lippenstift und zog ihr
sattes Rot nach. „Wir gehen jetzt!" laut schob sie
den Stuhl nach hinten. Sie war ungeduldig. „Mutter,
jetzt!" rief sie energisch. Erschrocken flogen die

Spatzen aus den Sonnenblumen. Frau Kramer blickte auf. „Haben wir einen Termin?" „Du hast keine Termine, aber ich habe noch Termine." Sie zog am Ärmel ihrer Mutter, bis diese sich erhob. „Ich habe ja den ganzen Mittag gesucht!" „Hast Du Herbert gefunden?" Sophia winkte ab. „Mutter, ich habe nach Dir gesucht, Du warst einfach weg." Frau Kramer schien verwirrter als normal. „Aber ich bin doch hier. Zu Hause." Sie murmelte: „Nicht weg, bin hier. Immer hier...Leben lang hier." Magdalena stand auf und hakte sich bei Frau Kramer ein. „Wir haben jetzt Besuch gemacht in alte Haus, jetzt gehen in eine andere Haus, in eine neue Haus." „Immer neues Haus, warum?" „Nu, weil in neue Haus warten jemand auf Dich." Die Miene der alten Frau erhellte sich. „Warten? Auf mich?" „Wollen wir schauen?" Frau Kramer nickte und liess auch den zweiten Mohrenkopf in ihre Manteltasche gleiten. Gefügig liess sie sich zum Auto führen, in welchem bereits Kramers Tochter

198

am Steuer sass. Magdalena flüsterte der alten Frau etwas ins Ohr. Überrascht blieb Frau Kramer stehen. Sie schaute Magdalena an und klatschte in die Hände. So schnell ihre betagten Füsse laufen konnten, lief sie mit Magdalena durch den knirschenden Kies zum Auto und setzte sich auf den Rücksitz. Aufgeregt rief sie ihrer Tochter zu. „Fahr los, ich muss schnell in das neue Haus!" Kopfschüttelt fuhr Kramers Tochter los. Magdalena winkte mir aus dem Fenster zu und Frau Kramer biss in den zerdrückten Mohrenkopf, den sie wohl aus ihrer Manteltasche zauberte.

Dudka und Alek

Ich stand am Gartenzaun und rief erstaunt: „Du hast schon Wäsche gewaschen?" Magdalena drehte sich herum, winkte und lachte. „Natürlich, schon 2. Ladung." „So früh am Morgen?" Ich trat in ihren Garten und ich schaute auf die Uhr. Es war kurz nach 8. Magdalena nahm ein kleines Stückchen Stoff nach dem anderen aus dem Korb und hängte es auf die Leine zwischen dem Kirsch- und Apfelbaum. „Alle Arbeit mache gern früh am Morgen." Dann nahm sie ein paar grosse helle gerippte Teile und hängte diese breit neben den bunten Miniteilen auf. Ich schmunzelte. Man konnte gut erkennen, welche Unterhosen von Frau Kramer waren und welche von Magdalena. Hinzu gesellten sich einige bunte Kramer Schürzen. Dann war sie fertig und drehte sich zu mir herum. „Will hören Vögel am Morgen und sehen Sonne zum Frühstück." Ja, die Vögel am Morgen gingen mir immer auf den Keks. Ich liebte Vögel, aber nicht am frühen Morgen. Springen da gut gelaunt in den Bäumen herum und pfeifen auf die, die noch schlafen wollen. Machen ein Geschrei, die kleinen Dinger, als ob ihnen die Welt gehöre.

„Kaffee?" Magdalena zwinkerte mir zu.

„Macciato?" Und da fiel mir wieder ein, warum ich so gern bei Magdalena war. Sie hatte eine Kaffeemaschine zum Verlieben. Und sie kannte meine Vorliebe zum Caramel Macciato. Sie war unglaublich. Also, die Kaffeemaschine. Ja, Magdalena auch, auch die Maschine war wirklich der Hammer. Sie rumpelte, zischte und dampfte und wenig später schob mir Magdalena einen Bilderbuch Macciato zu. Das war ein Empfang. Ich schmolz fast schon vor mich hin als ich den Geruch von Kaffee, Caramel und Milch wahrnahm. Ich schloss die Augen. Durch das offene Küchenfenster hörte ich die Vögelchen in den Bäumen und sie störten mich gar nicht. Die aufgehende Sonne berührte mich im Nacken. „Du heute auch früh schon auf den Beinen." Magdalena lachte und rührte im Tee. Naja, ich war ja auch ausgeschlafen. Heute war ich bereits früh wach eilte zur Bushaltestelle. Mit dem 3. Bus am Morgen fuhr ich die 2 Stationen zu Magdalena. Dort schaute mich neugierig um. Wir sassen in Magdalenas Küche. Am Kühlschrank hingen Fotos. „Deine Familie?" fragte ich und zeigte auf die Bilder. Magdalena nickte schweigend und schaute Gedankenverloren auf die Fotos. Sie schien etwas traurig. „Wie oft siehst Du Deine Familie?" „Nu, nicht viel. Ich will fahren bald. Ich vermissen meine Mama." Sie nahm ein Foto vom Kühlschrank ab und schob es zu mir hinüber. „Das meine Familie. Mama, Papa, Bruder und Schwester, Tante, Onkel – alle. Grosse Familie." In der Tat, auf dem Foto sah es nach einer grossen Familie aus. „Wie ist es so in Polen?" fragte ich. Und

da war sie wieder, Magdalena. „Oh so viele schöne.
Viele Tiere und Bäume, alle in meine Dorf, wie eine
Familie. Haben Katzen und Pferde, Ziegen und
Schafe. Immer viele Arbeit und viele Feste. Gibt
viele Kinder in Dudka. Viele Lachen und alle
zusammen sitzen in Garten. Und viele alte
Menschen auch. Alte Menschen nicht so allein wie
hier. Immer jemand schauen und reden und laufen.
Ach meine Dorf so klein und hübsch." Ihr Gesicht
strahlte. „Willst Du schauen meine Dorf Dudka?" Ich
lachte und nahm einen grossen Schluck Macciato.
Magdalena lachte nicht. Ich schaute sie an. Dann
aber lachte sie. „Du hast Bart, wie meine Liebling
Ziege Alek in Dudka." Ich wischte meinen
Milchschaumbart weg. Magdalena klatschte auf
ihre Schenkel. „Ach Alek, meine liebe Alek." Sie
stellte sich ans Küchenfenster und schaute in den
Garten. „Alek immer so unmöglich. Laufen oft am
Morgen aus Garten und ich suche ganzen Tag. Dann
ich finde Alek bei Nachbar. Hat gemacht Besuch

andere Ziege. Mädchen Ziege." Sie schloss das Fenster und drehte sich zu mir herum.

„Und?" Magdalena legte ihren Kopf schräg. „Frau Isolde haben Lust kommen mit nach Polen?" „Polen?" Ich war überrascht. Magdalena meinte es ernst. „Ja, nach Dudka!" Ich war noch nicht überzeugt. „Du kannst schauen meine Dorf und meine Familie." Sie zog ihre Strickjacke aus und legte ihre Hand auf meinen Arm. „Viel Platz in meine Haus." Polen? Also das war jetzt nicht so das nächste Reiseziel an welches ich gedacht hätte, aber warum nicht. Ich nehme Ferien und reise mit Magdalena nach Polen. Nach Dudka und zu Ziege Alek.

Ich nehme eine Priese Liebe

Als ich wieder zu Hause war, überkam mich eine Freude. Eine „ich verreise bald – Vorfreude." Diese Freude wollte ich rasch teilen und sendete Rainer eine Nachricht. „Ich fahre nach Dudka und besuche Alek!" Rainer schickte mir ein Fragezeichen zurück. Und eine weitere Nachricht. „Wo ist Dudka und wer ist Alek?" „Polen, ich fahre nach Polen und Alek ist eine Ziege!" Dann klingelte das Telefon. Rainer war dran. „Du fährst also nach Polen um Ziegen anzuschauen." Ich lachte. „Nur eine Ziege." Ich erzählte ihm von Magdalenas Einladung. Aber auf die Frage: „Womit fahrt Ihr nach Polen?" hatte ich spontan gar keine Antwort. Weil, darüber hatten wir ja noch gar nicht gesprochen. Und auch die für ihn wohl wichtige Frage: „Wie lange wirst Du weg sein?" konnte ich nicht beantworten. Ich glaube, da fehlte es noch an einer ausgereiften Planung. So sass ich am nächsten Morgen wieder in Magdalenas Küche. „Wir müssen unsere Reise planen." „Sehr gute Idee." Auch Magdalena schien aufgeregt. Womit werden wir nach Dudka fahren? Oder fliegen wir? Seit meiner Reise nach Venedig hatte ich kein Flugzeug mehr bestiegen. „Nu, wir können Zug fahren." Magdalena überlegte. „Ist schon weite Reise. Und Flugzeug viel teuer und brauchen in Polen Auto oder Zug bis Dudka." Sie setzte sich. „Dudka nur ganz kleine Dorf. Keine Flughafen und keine Autobahn." „Aber Ziegen." lachte ich. „Wir können auf Ziegen reiten." „Ja, auch Pferde." Wir überlegten unsere Möglichkeiten. „Leider, ich habe keine Auto. Nur 2 Beine." Wir nahmen beide einen grossen Schluck Macciato und lachten über unsere Milchschaumbärte. Ich hatte ein Fahrrad, mit einem grossen Korb. Da hinein kann ich dann meinen Koffer packen. Ich schmunzelte bei der Vorstellung. Auf den Rücken binde ich einen prallen Rucksack und dann radel ich los, bis nach Polen. Wieviele Wochen werde ich wohl brauchen? „Fahrrad?" Ich blickte auf. „Daran habe ich auch gerade gedacht." Magdalena winkte ab. „Nicht möglich, Frau Isolde, viel zu weit." Sie lachte. „Wir haben viele Monate weite Reise bis Dudka mit Fahrrad." Ja, das ist wohl so. Also, neue Idee. „Zug fahren?" „Nu, Zug fahren möglich, viele aus und einsteigen, aber geht schon." Am besten wäre ein Auto, wir hätten sicher viel Gepäck. Und mit einem Auto sind wir flexibel und ungebunden. Ein Mietwagen wäre ideal. Als hätte Magdalena meine Gedanken erraten, platzte sie heraus: „Wenn Du keine Auto, dann Auto miete!" Das fand ich auch eine gute Idee. Nicht weit von meinem Haus gab es eine Autovermietung, diese wollte ich dann ansteuern. Herbert kam in die Küche und strich uns um die Beine. Die Uhr an der Wand gongte. „Oh Frau Kramer fertig mit Sportstunde." Magdalena stand auf und winkte mir. „Komm Frau Isolde, gehen Frau Kramer Besuch machen." Sie öffnete die Verbindungstüre und schon standen wir in Kramers Wohnung. Die alte Frau sass im Schaukelstuhl am Fenster und schaukelte. Frau Kramer besass zwar zu dem hochmodernen glänzenden Tisch auch ein nagelneues Sofa, doch sie bevorzugte ihren alten Schaukelstuhl. „Guten Morgen Frau Kramer." Die alte Frau blickte auf. Ihr faltiges Gesicht erhellte sich, als sie Magdalena sah. Sie streckte ihre Hand nach der Polin aus. „Gute Sportstunde gemacht Frau Kramer?" Frau Kramer nickte. „Frühstück auch gut Frau Kramer?" „Keiner hat mir Essen gegeben." „Ich mache einen Tee für Sie, gut Frau Kramer." Frau Kramer drehte sich wieder zum Fenster und murmelte: "Bald sind wir alle verhungert." Frau Kramer drehte sich zu mir herum und sagte: „Haben Sie ein Stück Brot für mich?" Sie streckte die Hand nach mir aus und griff nach meiner Jacke. „Ich habe Hunger." Sie zog an meinem Ärmel. „Nur ein kleines Stück." „Gleich bekommen Sie einen warmen

Tee." sagte ich. Die alte Frau legte ihren Finger hinters Ohr. „Hä?" „Tee, Sie bekommen Tee!" wiederholte ich laut. „ Brot?" Ich schüttelte den Kopf und legte ihre Hand sanft ihn ihren Schoss zurück. Frau Kramer nickte schweigend. Sie drehte sich wieder langsam zum Fenster. Ich hörte sie murmeln: „Nicht ein kleines Stück Brot gibt sie mir." Sie klopfte ihre Schürze ab als ob sie staubig wäre. „Alles will sie alleine essen." Hallo? Also Frau Kramer! Dann schaukelte sie wieder und schloss die Augen. „Tee ist fertig!" rief Magdalena und brachte ein Tablett ins Zimmer. Sofort war die alte Frau wieder wach. Die Tasse mit dem warmen Tee liess ihr Gesicht erstrahlen. Dann zeigte sie auf mich. „Sie hat mir kein Brot gegeben." sagte sie. Magdalena lachte. „Ja, Brot ist alle." „Alle?" die alte Frau runzelte die Stirn. „Ja, alles aufgegessen." Frau Kramer fragte. „Alles aufgegessen?" Dabei schaute sie mich so komisch an, als ob ich ihr Brot gegessen hätte. Abwehrend hob ich die Hände. „Also ich war es nicht." „Ich backe neue Brot, gut Frau Kramer?" „Brot backen?" Frau Kramer rührte gedankenverloren in ihrer Tasse. Und dann zählte sie auf: „Wir brauchen Mehl, Hefe, Salz und Wasser." Magdalena strich der alten Frau über den Arm. „Wir haben alles eingekauft, können gut backen, ohne Probleme." Frau Kramer nickte und murmelte vor sich hin. „Mehl, Hefe, Salz und Wasser. Mehl, Hefe, Salz und Wasser. Mehl, Hefe..." „Und eine Priese Liebe." scherzte ich. „Jaaa, backen wir ein Liebesbrot." Magdalena stiess mich in die Seite und lachte. „Oder backen gleich eine Mann!" Sie brach in Gekicher aus. „Eine so schöne und nette Mann." Sie zeigte ihre Muskeln. „Muss stark sein." „Natürlich!" lachte ich unter Tränen. „Er muss uns ja auf Händen tragen!" Wir weinten vor Lachen und stellten uns jeder so unseren Mann vor. „Wir backen 2 Männer, einen für mich und einen für Dich!" rief ich laut. Wir lachten ungeniert und konnten uns kaum beruhigen.

„Ich will auch." Magdalena und ich fuhren herum. Frau Kramer stand hinter uns. Das Lachen blieb uns im Halse stecken. Natürlich, wir hatten Frau Kramer vergessen. Will sie auch einen Mann backen? Wir schauten erstaunt. „Was wollen Sie Frau Kramer?" Diese zuckte mit den Achseln und schaute uns durch ihre dicken Brillengläser an.

„Backen." Magdalena fragte vorsichtig: „Was wollen Sie backen Frau Kramer'" „Na, Brot. Was denn sonst?" Frau Kramer schüttelte den Kopf und schlurfte schon mal in die Küche. Dabei murmelte sie: „Mehl, Hefe, Salz und Wasser." „Und bei uns machen wir die Priese Liebe dazu." flüsterte ich in Magdalenas Ohr und liefen Frau Kramer nach um einen Mann...ähhh um ein Brot zu backen.

Wenn der Eismann 2 x klingelt

Ha! So ein weisses Nachthemd habe ich auch.
Meine Oma hatte mir es damals geschenkt und ich
erinnerte mich ganz genau an dieses tolle Stück. Es
hatte eine Lochstickerei und eine Spitze am Saum.
Am Hals 3 kleine Stoffbezogene Knöpfe und kurze
Puffärmel. Ich blieb vor dem grossen Werbeplakat
stehen und legte meinen Kopf schief. An den
kleinen Stehkragen konnte ich mich zwar nicht
erinnern, aber sonst war es genau identisch. Wo
hatte ich es überhaupt versteckt? Es musste im
Schlafzimmerschrank sein. Getragen hatte ich es
noch nie. Warum eigentlich nicht? Ich wollte gleich
zu Hause danach schauen und eilte davon. Und da
stand ich nun, vor meinem Kleiderschrank und riss
alle Kleider heraus. Ich suchte und wühlte, fand
aber kein Nachthemd. Erst, als der Schrank leer war,

konnte ich auf der obersten Ablage ein in Papier eingepacktes Paket sehen. Das musste es sein. Omas Nachthemd. Ich riss das knisternde Papier auf und begutachtete das geerbte Nachtkleid. So ein tolles Stück. Und es roch so gut, nach Omas Wäsche. Irgendwie so holzig und nach Wäschestärke. Der Geruch wärmte grad mein Herz und brachte Oma vor meine Augen. Ich hielt das Nachkleid an und drehte mich im Kreis. „Oma, das trage ich heute Nacht! Für Dich!" Auf der obersten Ablage fand ich auch die geerbte Knopfkiste. Darin waren ein paar bunte Knöpfe und die Geldnoten unter der geheimen Platte. Dieses Geld brauchte ich dann, wenn ich das Auto mieten wollte um nach Dudka zu fahren. Nur noch wenige Wochen und dann sollte es losgehen! Aufgeregt war ich aber jetzt schon. Für Bulli hatte ich einen Futterautomat gekauft, so würde er auch er nobel überleben. Heute war ich guter Dinge und es überkam mich eine Aufräumattacke. Ich sortierte tatsächlich meinen

Kleiderschrank aus. Also, jetzt lag ja eh schon wieder alles vor dem Schrank und das war auch nicht ungewöhnlich. Jetzt aber packte es mich und ich hockte vor dem Wäscheberg und sortierte in „zieh ich noch an", „zieh ich vielleicht noch an" und „kann weg." Haufen. Alle 3 Haufen legte ich brav zusammen und sortierte diese wieder in den Schrank. Weil, ich dachte, der „kann weg Haufen" wandelt sich vielleicht doch irgendwann mal um zu einem „zieh ich noch an" Haufen. So hockte ich eine geraume Weile am Boden und sortierte meinen Wäscheberg. „Geschafft!" Ich stand auf und streckte mich durch. Ich stöhnte laut, mein Rücken knackste. Inzwischen war es duster geworden, so schlüpfte ich in mein Oma - Nachthemd und drehte mich vor dem Spiegel. Haha, ich sah lustig aus. Und ich sah schwanger aus. Das Nachthemd war so locker und weit – ich könnte Drillinge unter dem Stoff tragen. „Gute Nacht Oma!" Ich knipste das Licht aus und schlief eingerollt ein. Der Morgen begann mit Vogelgezwitscher. Ich streckte mich und spürte meinen Rücken. Der zwickte und zwackte an verschiedenen Stellen. Zögerlich öffnete ich die Augen und schielte auf den Fensterbankwecker. Okay, für das Lärmen der Vögel war die Zeit absolut in Ordnung , es war auch bereits hell draussen. Ich streckte mich nochmals vorsichtig und verspürte ein Stechen zwischen den Schulterblättern und im unteren Rücken. Ich stöhnte und wie eine alte Frau stieg ich aus dem warmen Bett. Gebückt, wie ein altes Männlein schlurfte ich in die Küche. „Selbst Schuld." murmelte ich. „Wieso auch wolltest Du unbedingt aufräumen." Ich öffnete schlaftrunken den Kühlschrank und nahm ein Becherchen Käsekuchen- Joghurt heraus. Verrückt, was es alles gibt. Früher gab es sicher nur Joghurt mit ohne Erdbeeren, heute gibt es Joghurt in allen erdenklichen Variationen. Die klappte mit dem Fuss die Kühlschranktüre zu und löffelte los. An der Türe fiel mir ein Zettel ins Auge. „Wichtig" stand fett geschrieben. „Dienstag, 10:00h" Aha, Dienstag 10:00h ist irgendetwas. Etwas Wichtiges. Ich löffelte weiter und überlegte. Dienstag...Dienstag. Was war denn da? Zahnarzt! Nein, dachte ich und schob den nächsten Löffel in den Mund. Zahnarzt ist immer am Donnerstag. Ich starrte auf den Zettel. Darunter stand noch fetter „Mutter" geschrieben. Das Wort „Mutter" war sogar noch unterstrichen. Ich stand und überlegte. Dienstag, Mutter, wichtig, 10:00h. Ich gähnte laut und kratzte im Joghurtbecher Und da standen mir plötzlich die Haare zu Berge. Ich hatte einen Termin bei Mutter! Genau, wir hatten eine Familiensitzung! Jetzt fiel mir es ein. Ich wagte einen erneuten Blick auf den Wecker. War es wirklich schon so spät, wie ich vermutete? Ach, das war doch wie verhext! Ich warf meinen Becher in die Spüle und schwebte im Nachthemd ins Badezimmer. Gerade als ich meine Zähne zu schrubben begann, klingelte es 2 x an der Haustüre.

Postbote! Dachte ich. Mein Gott, jetzt doch nicht!

Ich grummelte. Zähne putzend und barfuss sprang

ächzend ich die Stufen hinunter, öffnete die

Haustüre und streckte meinen Arm ins Freie. Wie

ein Fisch nach Luft schnappend schloss und öffnete

ich meine Hand. Nichts passierte. „Na nun geben

Sie mir doch schon den Brief." sprudelte ich

zwischen Zahnbürste und Zähne hervor.

„Entschuldigung!" rief da jemand. Ich öffnete die

Haustüre. Die Sonne blendete. Vor mir stand ein

Mann in einem blauen Overall. Ich blickte mich

Zähne putzend um. „Wo ist er?" fragte ich den

Overallmann. „Wer?" fragte dieser erstaunt. Ich

schrubbte wie eine Wilde, sah den Overallmann

entgeistert an. Wollte er mich auf den Arm

nehmen? Ich nahm die Bürste aus dem Mund. „Na

der Postmann!" rief ich. Zahncreme kleckerte auf

mein Oma – Nachthemd. Der Overallmann schaute

sich um. „Also ich habe keinen Postmann

gesehen." Ich lief ein paar Schritte und schaute um

die Ecke. „Aber es hat doch 2 x geklingelt." Ich lief

zurück zum Haus. „Er muss doch noch irgendwo

sein." „Also Frau ..." er räusperte sich. „Ich habe ein

Angebot für Sie." Er hielt einen glänzenden Katalog

vor meine Augen. „Sie waren das also?" fragte ich.

„Was war ich denn?" Genervt lies der Overallmann

seinen Katalog sinken. „Sie haben 2 x

geklingelt!" Der Postmann überlegte. „Ja, dann

habe ich wohl 2 x geklingelt." antwortete er. Ich

zeigte mit der Zahnbürste auf ihn und sagte: „Aber

Sie sind doch nicht der Postbote!" „Ähhhm, nein,

der bin ich in der Tat nicht." Er lächelte und sagte:

„Aber ich bin der Eismann und habe hier ein tolles

Angebot für Sie." Und wieder hielt er einen

aufgeschlagenen Katalog in die Höhe. „Aber, Sie

bringen ja alles durcheinander!" rief ich. Der

Overallmann wurde nervös. Er stellte sich von

einem Fuss auf den anderen und schaute mich mit

zusammen gekniffenen Augen an. „Ich fuchtelte mit

meiner Zahnbürste herum. „Sie können doch nicht

2 x klingeln!" Der Overallmann stand mit offenem Mund. Sein Blick wanderte von meinem verschlafenen Gesicht über das weisse Nachthemd, über meine Zahnbürste bis hinunter zu meinen Füssen. „Wieviel mal soll ich denn klingeln?" fragte der Overallmann vorsichtig. „Na, 4 x zum Beispiel!" Ich verplemperte hier meine wertvolle Zeit, nur weil da einer keine Ahnung hat, wie viel mal er zu klingeln hatte. „Einmal klingeln kann Jeder sein, also Jeder, verstehen Sie? 2 x klingeln ist der Postbote, 3 x klingeln ist die Familie und alle anderen klingeln 4 x." erkläre ich. „Das ist doch gar nicht so schwer. Hat Ihnen das noch keiner erklärt?" Der Overallmann runzelte die Stirn und seufzte tief. „Soll ich jetzt noch 4 x klingeln?" „Wieso? Ich bin doch schon vor der Türe!" Meine Güte so unfähige Leute loszuschicken! „ Ausserdem wäre ja noch 4 x klingeln falsch." Rechnen konnte der also auch nicht. „Was wollen Sie denn jetzt Herr Eismann?" „Also mein

Name ist Horst Lambrecht." „Ich denke Sie heissen Eismann?" Ich war völlig durcheinander. Der Overallmann schien auch verwirrt und schüttelte den Kopf. „Also nein, mein Name ist Lambrecht." „Na, aber da müssen Sie doch nur 1 x klingeln! Sie gehören in die Jeder Kategorie. 1 x klingeln – Jeder!" Ich schlug die Haustüre zu. Also echt, jetzt hatte ich keine Zeit mehr so Anfängern das Klingelsystem zu erklären. In wenigen Minuten sollte ich bei Mutter sein und ich hampelte noch immer noch barfuss, im Nachthemd mit Falschklinglern herum!

ausgesperrt

Unten öffnete sich die Haustüre wieder. Der
Overallmann rief in den Hausflur. „Ich lege Ihnen
den Eismann - Katalog vor die Türe. Da können Sie
gerne mal reinschauen, wenn Sie sich wieder
beruhigt haben." Beruhigt? Ha! Wie soll ich mich
denn da beruhigen. Da steht so ein Nichtsnutz vor
der Türe und stiehlt meine wertvolle Zeit! "Ja, ja,
legen Sie hin was Sie wollen!" rief ich zurück. Der
Katalog wird schnell im Abfall verschwinden, dessen
war ich mir sicher. Ich legte im schnellen Tempo
eine zackige Sohle über die ausgetretenen Stufen
und zog mich am Geländer helfend hoch. Doch da
wendete sich das Blatt. Meine Blätter wenden, das
hatte ich stets gut im Griff. Ich hörte meine
Wohnungstüre leise quietschen. Entgeistert blieb
ich stehen und lauschte. Tatsächlich, sie schabte

über den Boden und quietschte. Das waren Geräusche, welche ich jetzt gar nicht brauchte, denn es verhiess nichts Gutes! Aber auch absolut nichts Gutes. Ich warf meine Zahnbürste in hohem Bogen davon. Die störte jetzt nur. Ich brauchte Arm und Beinfreiheit. Ich raffte mein „Oma Nachthemd" bis über die Knie zusammen und gab Gas. Denn nun ging es um Leben und Tot, so quasi. Bevor ich die Türklinke erreichen konnte, also es waren wirklich nur einige wenige Zentimeter, klickte es laut und gemein. Gemeiner als gemein. Die Türe fiel ins Schloss. „Nein"! rief ich und blieb wie angewurzelt stehen. Ich war baff. Dann wurde mir aber alles nach und nach bewusst.

„Neeeeiiiiin!" Ich schrie und rüttelte am Türknauf. „Neiiiiiin!" Ich begann zu schreien und raufte mir die Haare. „Nein! Nein, nein!" Ich gab der Türe einen Fusstritt. Davon sprang sie aber auch nicht auf. Natürlich hatte ich keinen Schlüssel dabei. Wo sollte ich denn auch einen Wohnungsschlüssel hin

226

tun? Ich hatte ja nur ein Nachthemd an. Klar, ich hätte können statt der Zahnbürste lieber den Schlüssel mitnehmen. Aber ja, schlussendlich ist man immer schlauer. Der Overallmann war Schuld. Nur er. Kein anderer. Der Overall – Eismann Mann. Hätte der nicht falsch geklingelt! Ach, ich war so sauer. Ich hämmerte wütend und winselte.

„Wieso?" schrie ich fragend gegen die Decke des Hausflures. „Wieso immer ich? Wieeeeso?" Ich wusste zwar, dass mich der liebe Gott immer wieder mal gern als sein Opfer auswählte, aber heute war das entschieden unfair. Heute hatte ich so gar keine Zeit die Opferrolle zu übernehmen. So stand ich barfuss im Nachthemd an die kalte Tür gepresst und schluchzte laut und hemmungslos. Meine liebe Wohnung. Nie werde ich sie wieder betreten können. Ich blickte mich um. Das kleine Flurfenster hätte eine Option sein können, denn es stand offen. Doch, ich war mindestens 50 cm zu breit für die Öffnung. Nein, Isolde, vergiss es. Komm nicht einmal auf die Idee es probieren zu wollen, hämmerte es in meinem Hirn. Ich sah mich schon im Rahmen hängen und mit den Beien strampeln. Ich fegte diese Vorstellung aus meinem Kopf. Aber sie sah lustig aus, zugegeben. Ich schmunzelte. Doch das verging mir sogleich wieder. Denn da war ich wieder, in der Realität.Ich kalten düsteren Hausflur vor verschlossener Wohnungstür.

„Whäääääähhh!" Ich rutschte an der Türe entlang auf den kalten Flurboden. Tränen rannen mir im Eiltempo übers Gesicht. Da hörte ich eine Stimme: „Hallo! Kann ich helfen?" Ich schaute nach oben. An der Flurdecke erkannte ich einen hellen Schein. Oh, das musste Gott sein, oder der Jesus. Einer von beiden klebte da an der Decke und redete mit mir. Ich legte meine Hand auf mein Herz und hauchte: „Ich bins, Isolde." Nicht einmal das Handy hatte ich bei mir um diese heilige Atmosphäre filmen zu können. Verdammt, heute klappte aber auch gar nichts! Aber Gott war da. Ich blinzelte überwältigt.

Der liebe Gott besuchte mich. Er hatte mich zwar bestraft, aber nun besucht er mich. Deutlich konnte ich den Schein an der Flurdecke sehen. Er flackerte ein wenig. Ich war gebannt und lauschte. „Hallo? Alles okay?" Da war er wieder, ich hatte mich nicht getäuscht. Ich wimmerte. "Hilf mir, lieber Gott und öffne meine Tür." Und, diese Stimme klang gar nicht so fremd und sie klang angenehm. Ich hatte sie schon einmal gehört. Wow, welch ein Gefühl. Aber halt. Diese Stimme hatte ich doch erst kürzlich gehört. Vor einigen Minuten. Natürlich war sie mir nicht fremd. Ich drückte meine Augen zusammen und quetschte noch ein paar angesammelten Tränen hervor. Diese liefen dann über mein Gesicht und meine Wimpern waren wieder Tränenfrei. Ach, das war gar kein Heiligenschein, das war der Schein der Deckenlampe. Kein Gott weit und breit und auch kein Jesus. „Kann ich helfen?" Der Overallmann. War das meine Rettung? Eigentlich war er ja Schuld an meiner Misere.

Aber ich musste nach dem Strohhalm greifen. Nach jedem Strohhalm! „Meine Türe ist zu!" rief ich zurück und schluchzte wieder. „Und ich habe keinen Schlüssel!" „Soll ich Ihnen helfen?" rief die Stimme wieder. „Whäääääähh"! Ich fing wieder an zu heulen und bekam auch noch einen Schluckauf. Den bekam ich noch oft, wenn ich aufgeregt war.

Mensch Isolde, jetzt beruhige Dich doch einmal. Ich lauschte nochmals auf die Overallmannstimme. „Ich kann Ihnen vielleicht helfen, wenn Sie wollen." „Wie wollen Sie mir denn, hicks, helfen?" „Naja, ich bin ein Mann!" Aha und Männer können Türe öffnen? „Ich habe das schon öfters gemacht'" Was? Mein Herz klopfte laut und ich wagte kaum zu fragen. „Sind Sie ein Einbrecher, hicks?" Die Stimme lachte: „Nein, ich bin Schlosser." Ich schüttelte den Kopf. Bei diesem Menschen war Hopfen und Malz verloren. Eismann, Schlosser, Falschklingler Aber, was sollte ich da lange darüber nachdenken. Da war einer, der helfen konnte.

Vielleicht. „Ja, kommen Sie schnell hoch!" rief ich und wischte eine Träne aus dem Gesicht. „Ich würde ja gern, aber ich weiss nicht, wie viel Mal ich klingeln soll." Klingeln? Oh Gott, der macht sich darüber Gedanken!? War das denn überhaupt ein Gedanke wert? Ich war völlig aufgebracht. „Das ist, hicks, so was von egal, aber auch so was von hicks!" Ich hämmerte an meine Wohnungstüre. „Ich will nur wieder in meine Wohnung. Hicks. Klingeln Sie so oft Sie wollen, aber öffnen Sie diese verdammte, hicks, Türe!" Kaum, als ich meinen Hysterie Anfall beendet hatte, stand der Eismann alias Lambrecht , alias Schlosser (und wer weiss, was er sonst noch alles war) mit einem Schraubendreher und einer Zange neben mir. Wortlos schraubte er den Beschlag ab und drehte mit der Zange am Vierkant. Es klickte leise und meine Türe war offen. Mein Herz hüpfte vor Freude. „Danke." murmelte ich und hickste.

Der Overallmann nickte schweigend und zog den Reissverschluss seines Overalls nach unten. Mir wurde plötzlich heiss und ich wich zurück. Meine Augen weiteten sich und mein Herz schlug laut. Was sollte denn das jetzt werden? Der Overallmann zauberte aus dem Inneren seines Overalls den Katalog hervor und legte diesen auf meine Türschwelle. Er tippte seine Finger kurz an die Stirn, drehte sich um und verschwand leise. Ich hickste laut und stürmte in meine Wohnung. Schnell schloss ich die Türe und lehnte mich mit dem Rücken an das kalte Holz. Jetzt musste ich mich erst einmal beruhigen. So setzte ich mich in den gelben Ohrensessel, schickte Mutter das erste Mal im Leben eine Termin - Abmeldungs - SMS und schaltete das Handy vorsorglich aus. Dann blätterte hicksend im Eismann – Katalog. Mein Herzschlag beruhigte sich und mein Schluckauf verschwand.

Die Bilder im Katalog zauberten ein feines Lächeln in mein Gesicht und mein Magen meldete sich. Ich schaute auf die Uhr. Oh ja, es war in der Tat Zeit für eine kleine Belohnung. Vielleicht auch für eine grössere, das sah ich nicht immer so eng. Eigentlich nie.

Die Befreiung

Unten öffnete sich die Haustüre wieder. Der Overallmann rief in den Hausflur. „Ich lege Ihnen den Eismann - Katalog vor die Türe. Da können Sie gerne mal reinschauen, wenn Sie sich wieder beruhigt haben."

Beruhigt? Ha! Wie soll ich mich denn da beruhigen. Da steht so ein Nichtsnutz vor der Türe und stiehlt meine wertvolle Zeit! "Ja, ja, legen Sie hin was Sie wollen!" rief ich zurück. Der Katalog wird schnell im Abfall verschwinden, dessen war ich mir sicher. Ich legte im schnellen Tempo eine zackige Sohle über die ausgetretenen Stufen und zog mich am Geländer helfend hoch. Doch da wendete sich das Blatt. Meine Blätter wenden, das hatte ich stets gut im Griff. Ich hörte meine Wohnungstüre leise quietschen. Entgeistert blieb ich stehen und lauschte. Tatsächlich, sie schabe über den Boden und quietschte. Das waren Geräusche, welche ich jetzt gar nicht brauchte, denn es verhiess nichts Gutes! Aber auch absolut nichts Gutes. Ich warf meine Zahnbürste in hohem Bogen davon. Die störte jetzt nur. Ich brauchte Arm und Beinfreiheit. Ich raffte mein „Oma Nachthemd" bis über die Knie zusammen und gab Gas. Denn nun ging es um Leben und Tot, so quasi.

Bevor ich die Türklinke erreichen konnte, also es waren wirklich nur einige wenige Zentimeter, klickte es laut und gemein. Gemeiner als gemein. Die Türe fiel ins Schloss. „Nein"! rief ich und blieb wie angewurzelt stehen. Ich war baff. Dann wurde mir aber alles nach und nach bewusst.
„Neeeeiiiiin!" Ich schrie und rüttelte am Türknauf.
„Neiiiiiin!" Ich begann zu schreien und raufte mir die Haare. „Nein! Nein, nein!" Ich gab der Türe

einen Fusstritt. Davon sprang sie aber auch nicht auf. Natürlich hatte ich keinen Schlüssel dabei. Wo sollte ich denn auch einen Wohnungsschlüssel hin tun? Ich hatte ja nur ein Nachthemd an. Klar, ich hätte können statt der Zahnbürste lieber den Schlüssel mitnehmen. Aber ja, schlussendlich ist man immer schlauer. Der Overallmann war Schuld. Nur er. Kein anderer. Der Overall – Eismann Mann. Hätte der nicht falsch geklingelt! Ach, ich war so sauer. Ich hämmerte wütend und winselte.

„Wieso?" schrie ich fragend gegen die Decke des Hausflures. „Wieso immer ich? Wieeeeso?" Ich wusste zwar, dass mich der liebe Gott immer wieder mal gern als sein Opfer auswählte, aber heute war das entschieden unfair. Heute hatte ich so gar keine Zeit die Opferrolle zu übernehmen. So stand ich barfuss im Nachthemd an die kalte Tür gepresst und schluchzte laut und hemmungslos. Meine liebe Wohnung. Nie werde ich sie wieder betreten können. Ich blickte mich um. Das kleine

Flurfenster hätte eine Option sein können, denn es stand offen. Doch, ich war mindestens 50 cm zu breit für die Öffnung. Nein, Isolde, vergiss es. Komm nicht einmal auf die Idee es probieren zu wollen, hämmerte es in meinem Hirn. Ich sah mich schon im Rahmen hängen und mit den Beien strampeln. Ich fegte diese Vorstellung aus meinem Kopf. Aber sie sah lustig aus, zugegeben. Ich schmunzelte. Doch das verging mir sogleich wieder. Denn da war ich wieder, in der Realität.Ich kalten düsteren Hausflur vor verschlossener Wohnungstür.

„Whäääääähhh!" Ich rutschte an der Türe entlang auf den kalten Flurboden. Tränen rannen mir im Eiltempo übers Gesicht. Da hörte ich eine Stimme: „Hallo! Kann ich helfen?" Ich schaute nach oben. An der Flurdecke erkannte ich einen hellen Schein. Oh, das musste Gott sein, oder der Jesus. Einer von beiden klebte da an der Decke und redete mit mir. Ich legte meine Hand auf mein Herz und hauchte: „Ich bins, Isolde."

Nicht einmal das Handy hatte ich bei mir um diese heilige Atmosphäre filmen zu können. Verdammt, heute klappte aber auch gar nichts! Aber Gott war da. Ich blinzelte überwältigt. Der liebe Gott besuchte mich. Er hatte mich zwar bestraft, aber nun besucht er mich. Deutlich konnte ich den Schein an der Flurdecke sehen. Er flackerte ein wenig. Ich war gebannt und lauschte. „Hallo? Alles okay?" Da war er wieder, ich hatte mich nicht getäuscht. Ich wimmerte. "Hilf mir, lieber Gott und öffne meine Tür." Und, diese Stimme klang gar nicht so fremd und sie klang angenehm. Ich hatte sie schon einmal gehört. Wow, welch ein Gefühl. Aber halt. Diese Stimme hatte ich doch erst kürzlich gehört. Vor einigen Minuten. Natürlich war sie mir nicht fremd. Ich drückte meine Augen zusammen und quetschte noch ein paar angesammelten Tränen hervor. Diese liefen dann über mein Gesicht und meine Wimpern waren wieder Tränenfrei. Ach, das war gar kein Heiligenschein, das war der Schein der Deckenlampe. Kein Gott weit und breit und auch kein Jesus. „Kann ich helfen?" Der Overallmann. War das meine Rettung? Eigentlich war er ja Schuld an meiner Misere. Aber ich musste nach dem Strohhalm greifen. Nach jedem Strohhalm! „Meine Türe ist zu!" rief ich zurück und schluchzte wieder. „Und ich habe keinen Schlüssel!" „Soll ich Ihnen helfen?" rief die Stimme wieder. „Whääääääähh"! Ich fing wieder an zu heulen und bekam auch noch einen Schluckauf. Mensch Isolde, jetzt beruhige Dich doch einmal. Ich lauschte nochmals auf die Overallmannstimme. „Ich kann Ihnen vielleicht helfen, wenn Sie wollen." „Wie wollen Sie mir denn, hicks, helfen?" „Naja, ich bin ein Mann!" Aha und Männer können Türe öffnen? „Ich habe das schon öfters gemacht'" Was? Mein Herz klopfte laut und ich wagte kaum zu fragen. „Sind Sie ein Einbrecher, hicks?" Die Stimme lachte: „Nein, ich bin Schlosser." Ich schüttelte den Kopf. Bei diesem Menschen war Hopfen und Malz verloren. Eismann, Schlosser, Falschklingler Aber, was sollte ich da lange darüber nachdenken. Da war einer, der helfen konnte. Vielleicht. „Ja, kommen Sie schnell hoch!" rief ich und wischte eine Träne aus dem Gesicht. „Ich würde ja gern, aber ich weiss nicht, wie viel Mal ich klingeln soll." Klingeln? Oh Gott, der macht sich darüber Gedanken!? War das denn überhaupt ein Gedanke wert? Ich war völlig aufgebracht. „Das ist, hicks, so was von egal, aber auch so was von hicks!" Ich hämmerte an meine Wohnungstüre. „Ich will nur wieder in meine Wohnung. Hicks. Klingeln Sie so oft Sie wollen, aber öffnen Sie diese verdammte, hicks, Türe!" Kaum, als ich meinen Hysterie Anfall beendet hatte, stand der Eismann alias Lambrecht , alias Schlosser (und wer weiss, was er sonst noch alles war) mit einem Schraubendreher und einer Zange neben mir. Wortlos schraubte er den Beschlag ab und drehte mit der Zange am Vierkant. Es klickte leise und meine Türe war offen.

Mein Herz hüpfte vor Freude. „Danke." murmelte ich und hickste. Der Overallmann nickte schweigend und zog plötzlich langsam den Reissverschluss seines Overalls nach unten. Mir wurde plötzlich heiss und ich wich zurück. Meine Augen weiteten sich und mein Herz schlug laut. Was sollte denn das jetzt werden? Aber der Overallmann zauberte aus dem Inneren seines Overalls nur den Katalog hervor und legte diesen auf meine Türschwelle. Er tippte seine Finger kurz an die Stirn, drehte sich um und verschwand leise. Ich hickste laut und stürmte in meine Wohnung. Schnell schloss ich die Türe und lehnte mich mit dem Rücken an das kalte Holz. Jetzt musste ich mich erst einmal beruhigen und atmete wie eine Schwangere tief ein uns aus. Das angesetzte Familientreffen, für welches ich nicht mehr rechtzeitig kam, musste ohne mich stattfinden. Ich war völlig aufgewühlt und Mutter konnte ich jetzt in der Tat nicht brauchen.

Sie hatte keine so beruhigende Art. So setzte ich mich in den gelben Ohrensessel, schickte Mutter eine Termin - Abmeldungs - SMS und blätterte hicksend im Eismann - Katalog.

Schilbär

Ich blätterte und blätterte, der Katalog wurde immer dicker, die Seiten immer mehr. Die Bilder verschwammen langsam, lesen konnte ich auch kaum noch etwas, aber ich gab mir auch keine Mühe etwas entziffern zu können. Irgendwann fielen mir die Augen zu und der Katalog aus meiner Hand. Ich träumte von Männern in blauen Overalls, die zwischen weissen Spitzennachthemden, die auf einer Leine hingen, welche über den Hof gespannt war, arbeiteten. Sie hämmerten und schraubten, Funken sprühten auf, sie lärmten und schwitzen. Als sie mit ihrer Arbeit fertig waren riefen sie nach mir und ich betrat in einem Nachthemd den Balkon. Das Nachthemd und meine Haare wehten im lauen Wind. Die Arbeiter hatten für mich ein Buffet gezaubert. Eins aus Schrott und Eisen. Dennoch sahen die Sachen unheimlich echt und lecker aus. Zum Anbeissen. Mir tropfte schon vom Anschauen der Zahn. Aber, ich würde mir die Zähne ausbeissen. Die Männer in den blauen Overalls lachten, winkten und verliessen den Hof. Nur einer blieb stehen und hob den Kopf. Es war Rainer. Er rief mir zu: „Liebste, darf ich zu Dir rauf kommen?" Und ich nickte freudig und warf eine Rolle dickes Seil über die Balkonbrüstung. „Du musst am Seil hinauf klettern, ich habe den Schlüssel verloren." „Wieviel Mal soll ich klingeln?" rief Rainer und begann am Seil zu ziehen. Bei jedem Zug gongte es in der Klingelanlage.

Er zog und zog und zog und zog und es gongte und gongte und gongte und gongte. Rainer hörte gar nicht mehr auf und ich rief: „Es reicht, Rainer, es reicht!" Doch er klingelte weiter. Wie konnte ich in meinem Traum vorspulen? War die Klingel kaputt? Konnte mich Rainer nicht hören? „Stopp, Rainer, Du hast genug geklingelt!" Ich rief so laut ich konnte und fuchtelte mit den Armen. Das Klingeln schepperte in meinen Ohren. Dann wachte ich endlich auf. Mein Mundwinkel war feucht, der Katalog lag am Boden und ich hing recht schief in meinem gelben Ohrensessel. Inn meinem Kopf und ich meinen Ohren gongte es immer noch, es hörte einfach nicht auf. Ich hielt mir die Ohren zu. Trotzdem hörte ich das permanente Klingeln. War ich noch im Traum? Ich lief zum Balkon. Da war kein Seil und auch im Innenhof war keine Wäscheleine mit Nachthemden, keine Schlosser und auch kein Rainer. Aber es gongte an der Türe. Und nun klopfte es auch. Aha, da will jemand zu mir. Ich rieb meine

Augen und schlurfte mürrisch zur Wohnungstüre.
Wer klingelte denn so früh am Morgen Sturm? Na,
wer sollte das denn auch wohl sein. Habt Ihr schon
geraten und auf Mutter getippt? Dann seid Ihr
goldrichtig. Mutter stand vor der Tür. Und als diese
offen war, stand sie in Sekundenschnelle in meiner
Wohnung. Sie hielt meine Zahnbürste in der Hand.
Diese legte sie leise und langsam auf den Tisch. Sie
war wohl noch auf der Suche nach den richtigen
Wörtern. Das war für meine Mutter nicht so einfach.
Richtige Wörter fand sie selten. Schweigend
schaute sie mich an. Ich schaute schweigend zurück.
„Weisst Du eigentlich, wie Du aussiehst?" Oh, nach
diesen Wörtern hatte sie also so lange gesucht.
Natürlich wusste ich, wie ich aussah. Ich schaute
jeden Morgen in den Spiegel. Ich war nicht
besonders gross und hatte dunkle Haare. Meine
Haare waren meist nicht kooperativ, wie das halt so
ist mit Locken. Darum klemmte ich oft ein paar
Klammern ins Haargebüsch. Das klappte dann ganz

gut. Und ausserdem... „Isolde!" Ah Mutter. „Hörst Du mir eigentlich zu?" „Hast Du was gesagt?" „Ich fragte, ob Du weisst wie Du herumläufst!" Also, laufen war ja übertrieben. Viel gelaufen bin ich ja wohl nicht, ausser vom Sessel zur Wohnungstüre. Okay, ich wollte Mutter dies nicht auf die Nase binden. Fragend schaute ich sie an. „Wieso hast Du um diese Zeit ein Nachthemd an?" Um diese Zeit! Jetzt geht's aber los. Es ist ja schliesslich Morgens! Ich schielte auf die Uhr. Ohhha, doch nicht mehr Morgen. Es war kurz vor 3. Aber der Morgen war ja auch so anstrengend, da brauchte mein Körperchen eben ein Schlafpäuschen. Und das Päuschen ging eben etwas länger. Schlafen war doch gesund. Oder nicht? Ich lächelte. „Und wieso liegt Deine Zahnbürste im Hausflur? Also, das ist doch Deine, es wohnt ja sonst keiner mehr hier im Haus. Und Frau Kramer braucht ja wohl keine Bürste mehr, die hat keine Zähne." Haha, das war lustig. Mutter konnte auch richtig lustig sein. „Das war ein guter Witz." Ich lachte laut. Mutter schaute streng und wartete auf die Antwort. Dass konnte ich daran sehen, dass sie ihren Fuss am Boden auf und ab klopfte. Ich wählte also aus meinen potentiellen Antworten diese hier aus: „Ich wollte die Stufen gründlich reinigen." Mutter wischte diese Antwort zur Seite. „Isi, binde mir doch keinen Bären auf! Ich mache mir wirklich Sorgen um Dich. Geh und schau einmal in den Spiegel." Mutter knöpfte ihren Mantel auf. Oh nein, wollte sie länger bleiben. Ja, sie setzte sich auf den einzigen Stuhl. „Los, geh schon." Wie ein gut erzogenes Hündchen watschelte ich ins Badezimmer und schaute eben in das Spiegelglas. Getrockneter Speichel klebte am Mundwinkel, meine Haare waren wild und die Augen verschmiert. Aber sonst...war doch alles okay. Ich hatte noch ein paar Schlaffalten im Gesicht und Zahncremeflecken auf dem Nachthemd. Ein paar Spritzer Zahncreme hingen auch auf der Nase. Aber sonst war doch alles okay. Also, da sah ich schon bedeutend schlimmer aus. Ich watschelte zurück und holte meine Zahnbürste. Mutter stand bereits am Fenster und zeigte auf den Eismann Katalog, welcher immer noch am Boden lag. „Essen spielt bei Dir eine grosse Rolle, richtig?" Oh ja, etwas essen wäre jetzt nicht schlecht. Hatte ich heute überhaupt schon etwas gegessen? Ich schlenderte wieder ins Badezimmer und schruppte meine Zähne. Ich wusch mein Gesicht und wanderte gereinigt ins Schlafzimmer. „Warum bist Du eigentlich gekommen?" rief ich. „Ist etwas passiert?" Ich stieg in meine Gummibundhose, zog ein weites Top darüber und stülpte Socken über meine Füsse. Die Haare bändigte ich mit 2 Spangen und um den Hals hing ich mir eine grüne Perlenkette. Schick Isolde. Ich lächelte ins Spiegelbild und lächelnd kam ich ins Wohnzimmer zurück. Mutter stand noch am Fenster. Sie hatte meine Frage noch nicht beantwortet. Vielleicht lag es daran, dass ich ihre Fragen auch nicht immer beantworte, dennoch war das ungewohnt. Sie räusperte sich. „Ich habe einen Freund." Klar, Mutter hatte viele Freunde. „Okay, sagte ich. Und...was ist mit dem?" „Also, kein Freund. Einen Partner." Rums. Mein Lächeln verschwand aus meinem Gesicht. Mutter hatte einen Freund? Also so einen richtigen, zu sich lieben und so? Haha, das passte aber gar nicht zu ihr. „Ich wollte Euch beiden das mitteilen. Basti weiss das bereits, der ist ja schliesslich heute Morgen auch gekommen, also ich eine Familiensitzung einberufen hatte." Ich setzte mich. Also ich musste mich setzen. Mutter hackte nochmals auf dem Termin von heute Morgen herum. „Du hast es ja nicht für nötig gehalten zu mir zu kommen." Sie drehte sich wieder zum Fenster. „Ich hatte heute Morgen echt so viel zu tun." „Ja, das habe ich gesehen, vor 5 Minuten, wieviel Du zu tun hattest." Ich hatte jetzt doch ein paar Fragen. Also, ich meine, es war ja schon irgendwie toll, dass sie mir das sagte. „Wer ist denn Dein Freund?" „Er heisst Gilbert." Sie zog einige Haarnadeln aus ihrer Haarpracht und steckte sie in den Mund. Wie sie das aussprach. „Schilär" Ich zog eine Fratze und wackelte mit dem Kopf. Innerlich äffte ich diesen Namen nach und schon war er mir unsympathisch, dieser Schilbär. „Gilbert ist Franzose." Aha, darum diese komische Aussprache. Sie feuchtete ihre Fingerspitzen an und zog alle entflohenen Haarsträhnchen wieder aus dem Nacken. „Gilbert ist etwas jünger als ich." sagte sie und steckte sich die Haarnadeln mit den eingesammelten Haaren wieder in ihren Dutt. Dann zog sie ihre Sonnenbrille aus der Tasche und setzte sie auf. „Gilbert ist Musiker." Wow, was dieser Schilbär alles so ist...dachte ich. Mutter drehte sich zu mir herum und sagte: „Und Gilbert zieht bei mir ein." Na, das waren doch mal Neuigkeiten! Völlig überrascht war ich, sprachlos staunte ich Mutter an. Die schnappte ihre Tasche und sagte: „Das wollte ich Euch beiden heute Morgen sagen. Nun weisst Du es auch. Ich bestehe auf Stillschweigen." Sie klopfte auf ihren Rock, knöpfte den Mantel zu und ging zur Tür. „Ja, dann gratuliere ich." rief ich ihr nach. Das machte man doch so, oder? Mutter drehte sich um. „Ach, und ehe ich es vergesse, Du wirst Momo aufnehmen. Gilbert ist allergisch."

Zartbitter

Waaaaaaas?? Erstarrt blieb ich am Tisch stehen und musste mich an der Tischkante festhalten. Mein Herz klopfte. Mein armes kleines Herz, es pochte! Und wie es pochte! Nein, ich wollte Momo nicht. „Ich will ihn nicht!" rief ich meiner Mutter nach. Mutter hörte natürlich keine einzige Silbe, denn Mutter takelte unüberhörbar laut die Stufen hinunter. Und sowieso, es hätte gar keine Ausrede gegeben, für Mutter. Ich raufte mir die Haare und riss meine Haarspängelchen heraus und warf die wild gegen die Wald. Momo! Mutters verwöhnter fauler eingebildeter doofer Perserkater. Er hatte das Gefühl, er sei etwas Besonders. Schaute immer grimmig mit zusammen gekniffenen Augen. Sein Gesicht war platt und immer lief ihm Speichel aus dem Maul. Momo! Wieso sollte ich Momo

aufnehmen? Wieso ich? Ist mir doch egal ob
Mutters Franzose allergisch war. Ausgerechnet
Momo. Dieser Kater war so hinterlistig. Ständig
fauchte mich an. Natürlich nur, wenn Mutter es
nicht sah. Ich hatte nie eine Chance bei ihm. Mutter
hatte dieses Ungetüm verwöhnt und zwar nach
Strich und Faden. Sie striegelte und bürstete ihn
täglich. Sie kochte für ihn Fleisch und gab ihm die
allerhand Kosenamen. Für mich aber war er ein
Monster. Für Mutter die liebste Katze auf der Welt.
Schnuckelchen, Häschen, Bärchen.... Wenn ich
Mutter sagte, dass Momo mich anfauchte oder gar
kratzte, lachte sie hysterisch und glaubte mir kein
Wort. „Momo? Nie im Leben! Momo ist der liebste
Kater." Ja, sie war sogar sauer. Wie konnte ich denn
auch ihren hübschen und aller süssesten Momo
beschuldigen? Und von diesem allerliebsten Tier
trennte sie sich jetzt für „Schilbär"? Ich war
fassungslos. Und ich wollte Momo nicht. Ich lief
aufgeregt umher. Wie konnte ich Mutter ihr

Vorhaben ausreden? Ich schaltete mein Handy an. Ich brauchte unbedingt ein Gespräch, mit irgend jemanden. Mein Handy piepste einige Male. Anrufe in Abwesenheit. 5 x Mutter, 1 x Benny, 2 x Rainer. Rainer hatte auch Nachrichten gesendet. „Liebe Isolde, ich wünsche Dir einen schönen Morgen. Lass uns doch heute etwas essen gehen. Rainer." Die 2. Nachricht lautete: "Ich hoffe Dir geht es gut, ich habe nichts von Dir gehört. Klappt es mit einem gemeinsamen Mittagessen? Rainer." Seine anderen Nachrichten las ich nicht, ich rief ihn einfach an und schüttete ihm mein Herz aus. Ich erzählte von meinem anstrengenden Morgen, dem Mutter – Überraschungsbesuch und von ihrem neuen Freund, welcher mir bereits jetzt schon unsympathisch war. Und ich erzählte Rainer von Momo. Und dann fiel mir plötzlich meine Reise nach Polen ein und begann zu schluchzen. Ich konnte doch keine Katze aufnehmen, wenn ich nach Polen reisen wollte! Als ich mit meiner Jammerei fertig war kam auch

Rainer zu Wort. „Also weisst Du, ich freue mich für Deine Mutter. Es ist doch viel schöner zu Zweit, als allein zu sein. Und, ich mag Katzen. Wenn Du nach Polen fährst, nehme ich Momo zu mir. Und vielleicht kommst Du einfach nach." Dann schwieg er. Er schwieg lange und ich hatte das Gefühl, dass er auf eine Antwort wartete. Allerdings verstand ich nicht auf welche. „Nachkommen?" fragte ich vorsichtig. „Ja, zu mir, ich habe genug Platz. Aber ich will Dich nicht drängen." Ich war mir doch recht unsicher, worüber Rainer da sprach. Sprach er da vom Zusammenziehen? „Ich hab Dich sehr gern, Isolde und ich möchte unbedingt viel mehr Zeit mit Dir verbringen." Bis jetzt verbrachten wir ja nicht besonders viel Zeit miteinander. Ganz schön mutig, dachte ich, mir das so knallhart zu sagen. Ich schluckte einen Kloss hinunter. Oh mein Gott. War ich denn bereit? War ich überhaupt verliebt. Es stichelte zwar in meinem Herzen, aber ist denn das schon Liebe? Konnte ich mit Rainer zusammen ziehen? Plötzlich hatte ich Angst. Nach meiner falschen SMS ging Rainer davon aus, dass ich ihn auch liebte. Doch dessen war ich mir noch gar nicht so sicher! Hilfe! Noch nie hatte ich mit jemanden zusammengewohnt. Ja, ich hatte ja auch noch nie einen Partner! Rainer unterbrach meine Gedanken: „Du musst mir jetzt nicht antworten, nimm Dir die Zeit, die Du brauchst." Ich nickte. „Hörst Du mich Isolde?" Ich nickte wieder. Wie bekam ich jetzt die Kurve? Natürlich mochte ich Rainer. Ich war gern mit ihm zusammen, er war lustig, er war nett, er war hilfsbereit und ich träumte oft von ihm. Reichte das schon für Liebe? Ich seufzte. „Ach Rainer." Gerne wollte ich ihm jetzt über den Kopf streicheln und ihn trösten. Trösten, dass ich keine Antwort für ihn parat hatte. Ich stellte mich ans Fenster und sah den Spatzen zu. Sie wirkten immer munter und gut gelaunt. Sammelten eifrig Dies und Das, hüpften mutig von einem Zaunpfahl zum nächsten und liessen sich auf dünnen Zweigen im

Wind schaukeln. Ich musste ja sowieso in einigen Wochen ausziehen. Meine Wohnungssuche war nicht ergiebig, weil ich noch gar nichts suchte. Ich schaute mich um. Eigentlich wollte ich meine kleine Wohnung auch gar nicht verlassen. Meine Augen wurden feucht. Meine süsse kleine Wohnung, die immer irgendwie chaotisch ist, aber ich hier meine Ruhe hatte und ich mich wohl fühlte. Mit Bulli mit seiner Palstikfreundin, mit Besuchen von Magdalena. „Isolde?" Ich schniefte durch die Nase und eine Träne rollte über meine Wange. „Ich habe Kundschaft. Wir sprechen uns, okay?" Ich nickte. „Bis später." Und Rainer legte auf. Ich warf mich aufs Sofa und wollte nachdenken. Über Rainer, über einen Umzug, über eventuelle Gefühle, naja und solche Sachen halt. Aber, mein Bauch machte mir einen Strich durch die Rechnung. Noch immer hatte ich nichts gegessen! Mein Magen knurrte erbost und rief: Hunger! Eilig hüpfte ich zum Kühlschrank. Dieser gab nicht so viel her. Aber, in meiner

Fressschublade fanden sich wunderbare Dinge.
Bepackt liess ich mich in den gelben Sessel fallen
und riss die Haselnussschokolade auf. Stückchen für
Stückchen wanderten in meinen Mund. Liebe geht
durch den Magen! Er liebt mich, er liebt mich nicht,
er liebt mich, er liebt mich nicht. Ich starrte ins
Aquarium und schaute dem langweiligen Fischleben
zu. Bulli schwamm mit seiner Freundin nach links
und wieder nach rechts. Ab und zu tauchte er auf
den Boden, das wars aber auch schon an
Abwechslung. Meine Augen wurden träge und ich
spürte ein Gefühl der Müdigkeit. Er liebt mich, er
liebt mich nicht. Ich gähnte herzhaft. Meine Augen
wurden träge, die nächste Stückchen schmolzen
schon in meinen Fingern. Er liebt mich, er liebt mich
nicht. Ich gähnte laut und kuschelte mich in den
Sessel. Die Nachmittagssonne schickte wärmende
Strahlen durchs Fenster und ich fühlte mich sehr
geborgen. Mechanisch schob ich immer wieder ein
kleines Schokoladenstückchen in den Mund, bis

meine Augen zu fielen. Als ich wieder aufwachte, dämmerte es bereits. Zudem konnte ich mich leider nicht mehr erinnern, was das letzte Schokoladenstückchen vor meinem Schlafpäuschen bedeutet hatte. Antwort hatte ich also keine. Dafür hatte ich Schokoladenspeichel im Mundwinkel und geschmolzene Schokoladenflecken auf der Hose.

Die schönste Kuh im Stall

Oh, das war ja wieder ein Tag. Ich holte tief Luft und liess mich auf die Bank fallen, auf welcher eben noch Frau Kramer sass. Ihre zerdrückten Kekskrümel spickte ich auf den Boden. Mein Handy piepste. Magdalena schrieb: „Wir sind in Kramer Haus, jetzt sie schlafen, alles gut." Ich scrollte weiter und wollte nun endlich mal Rainers Nachrichten lesen. Ihn hatte ich völlig vernachlässigt, aber ich war halt auch extrem irritiert, dass er mir Herzchen geschickt hatte. Dem wollte ich jetzt auf den Grund gehen. „Aaaalso. Isolde, Du bist jetzt ein Detektiv." Gespannt scrollte ich hin und her. Detektiv Isolde musste gar nicht lange suchen. Meine SMS an ihn mit dem Wort „verliebt" war nämlich nicht vollständig. Das dazugehörige Bild von Bulli und seiner Plastikfrau

Jolanda fehlte. Mein Herz schlug plötzlich laut und rutschte eine Etage tiefer, in die Hose. Ich hatte ihm einfach geschrieben: „verliebt". Oh mein Gott, wie peinlich, wie peinlich! Rainer musste denken, ich wäre verliebt in ihn. Aber wieso schickte er mir Herzchen zurück? Und plötzlich war mir alles klar. So quasi. Rainer war auch in mich verliebt. Also, so musste das doch sein. Wieso schickt man sonst jemanden Herzchen? Das sah ganz nach Chaos auch. Ich las alle Nachrichten und ja, es war klar, glasklar. Rainer schickte mir seine Liebesbotschaft. „Mh und jetzt?" murmelte ich. Dann lächelte ich und lehnte mich zurück. Rainer liebt mich. Wow. Ein Mann liebt mich und sagte das auch. Verrückte Sache. Ich schloss die Augen und liess die abendliche Sonne in meinem Gesicht spielen. Rainer liebte mich. Aber, liebte ich ihn denn auch? Ich dachte an Rainer, wie er so tänzelnd im Schaufenster dekorierte, wie er mein Prachtkleid retten wollte und, wie er vor Kurzem an unserem Spasstag aufgeregt in der Türe stand und mich umarmte. Es kitzelte ein wenig in meiner Herzgegend, als ich so an ihn dachte. Ist das ein Liebeskitzeln? Liebte ich ihn auch? Wie spürte man das denn? Sollte ich ihm sagen, dass ich eigentlich Kampffisch Bulli meinte in meiner Nachricht? Und als hätte Rainer meine Gedanken gehört, las ich seine neue Nachricht: „Bist Du zu Hause? Ich würde Dich gern besuchen. Darf ich kommen?" Tarra Isolde, da hast Du den Liebessalat. Dein Verliebter will Dich besuchen. Verliebt, verlobt, verheiratet – das kam mir in den Sinn. Wow, wird das jetzt so schnell gehen? Ich rief Magdalena an. Das war in meinen Augen immer eine gute Entscheidung. „Rainer will mich besuchen kommen!" rief ich aufgeregt ins Telefon. „Er ist in mich verliebt! Was soll ich jetzt machen?" Magdalena lachte. „Auch Frau Isolde, das komische Frage." Sie hüstelte. „Rainer ein Mann, also, ich nicht verstehen diese Frage. Kannst Du Kinder machen zum Beispiel." Oh heute war sie nicht so eine grosse Hilfe. „Bist Du sicher?" fragte ich sie. „Okay, vielleicht anfangen mit Kaffee oder Tee?" Okay, Kaffee oder Tee. Das klang doch vernünftig. „Zieh schöne Kleid an, etwas Farbe in Gesicht. Musst schönste Kuh sein in Stall." Aha. Kuh also. „Okay okay, dann sage ich ihm, dass er kommen soll." „Natürlich, Frau Isolde. Wünsche viele Spass und dann schnell erzählen." Jetzt war ich aufgeregt. Die schönste Kuh im Stall sollte ich sein. Ich warf gedanklich einen Blick in meine Wohnung. Okay, ich musste definitiv zuerst ein wenig aufräumen. Der Stall musste sauber sein. „Okay, Isolde, zuerst hier draussen den Tisch abräumen." Wenn ich etwas hektisch planen musste, redete ich immer laut mit mir. Ich brauchte immer einen, der mir sagte, wo es lang geht. Das war sehr praktisch, weil ich das ja selbst war. „Oh Isolde, zuerst mal musst Du doch Rainer schreiben und Dein Okay geben, Dummerchen." Das stimmte natürlich. „Lieber Rainer, ich freue mich auf Deinen

Besuch." Das klang doch toll. Und, abgeschickt!

Mein Herz klopfte. Ich war wirklich richtig aufgeregt.

Ich bekomme Besuch von einem Mann, der mich

liebt. So, los jetzt! Ich stellte die Tassen zusammen

und nahm die Teekanne in die andere Hand. Da

piepste mein Handy erneut. „Oh was denn jetzt

noch." Ich stellte wieder alles ab und las. „Ich freue

mich, wann soll ich kommen?" Tisch abräumen,

Stall ausmisten, umziehen: „In 30 Minuten." Wow,

Isolde Du bist aber optimistisch, summte es in

meinem Kopf. In 30 Minuten wollte ich alles

schaffen. Naja, musste ich halt etwas Gas geben.

Und los gings. Ich kam gut voran. Der Tisch vor dem

Haus war schnell abgeräumt, Teetassen und Kanne

in der Spülmaschine. Im Bad warf ich rasch alle

Kämme, Bürsten und Spangen in die Schublade und

die Handtücher wechselte ich aus. Ich öffnete alle

Fenster, denn ich schwitzte bereits. Es artete doch

etwas in Arbeit aus. Wieviel Zeit blieb mir noch?

Küche aufgeräumt, Bad sauber. War kam jetzt? Ahja,

Kleid anziehen. Die schönste Kuh werden. Ich zog alle Kleider aus meinem Schrank. Ein grosser Haufen Kleidung lag zu meinen Füssen. Kleid fand ich keins. Jedenfalls keines, welches ich heute hätte tragen können. In Eiltempo sortierte ich meine vorhandenen Kleider vor meinen Augen. Leggings – das geht immer. Schublade aufgemacht. Leggings in Pink, in Weiss, in Blau und in Schwarz. Pink ist halt schon schön. Doch sie waren nur beim Hochhalten schön und nicht an meinen Beinen. Also suchte ich weiter und entschied mich für ein grünes wollenes Oberteil und für die blauen Leggings. Darüber zog ich meine Kuschelsocken. War ich jetzt die schönste Kuh? Mein Handy piepste. Magdalena: „Foto schicken!" Ich schickte ihr ein Foto von mir und umgehen kam ihre Antwort. „Kette, Haare, Farbe." Jawoll, ich gebe mein Bestes, liebe Magdalena murmelte ich und zog aus der Schublade eine goldene lange Kette mit einem smaragdfarbenen Tropfenstein. Die war von Oma und wunderschön. Kette: erledigt. Ich stürmte ins Bad und zog aus der Schublade alle Bürsten wieder heraus. Okay, so richtig bändigen liess sich meine Lockenpracht nicht, so klemmte ich sie einfach mit ein paar Spangen fest. Gut. Haare: erledigt. Farbe war der letzte Punkt. Ich pinselte wild in meinem Gesicht herum, wie ein Profi kam ich mir vor, nur hatte ich weniger Ahnung. Mein Schlussblick in den Spiegel endete mit einem heiseren Aufschrei. Ich rieb wieder alles wieder ab, so schnell ich konnte. Ich war langsam in Panik. Waren schon 30 Minuten vorbei? Ich konnte jeden Augenblick das Klingeln an der Türe hören. Ich pinselte diskreter und drehte mich vorm Spiegel. So sollte das doch okay sein, dachte ich. Ja, ich war eine schöne Kuh. Die schönste Kuh im Stall. Aber gut, dass hier keine anderen Kühe waren....

Alles im Eimer

Ich lief durch die Wohnung und schaute mich um.
Küche – okay. Bad – okay. Das Schlafzimmer,
brauchte noch eine kleine Auffrischung, falls wir
doch rasch beim Kindermachen landen sollten.
Isolde! Ich lachte. Dann schüttelte ich meine Decke
auf und stopfte die Kleider wieder in den Schrank.
Der Blick fiel auf den Cleo Karton neben meinem
Bett. Der musste weg, ehe ich Fragen beantworten
musste. Ich wollte ihn auf den Schrank stellen, dort
hatte es Platz für den gross angeschrieben Cleo
Karton. Ich streckte mich, aber meine Arme waren
zu kurz. Der gelbe Ohrensessel war zu schwer um
ihn ins Schlafzimmer schieben zu können. Zudem
passte er auch gar nicht durch die Türe. Also,
andere Lösung. Eine Leiter hatte ich nicht, das
wusste ich und musste auch nicht danach suchen.

Mein einziger Stuhl stand auf dem Balkon. Darauf stand der Kaktus, diesen hatte ich im Regen letzte Woche an die frische Luft gesetzt. Ich lief durch die Wohnung. Im Bad fand ich meinen roten Putzeimer aus Plastik. Da war sie ja schon, die Lösung. Ich schüttete den Putzutensilien Inhalt in die Badezimmerecke. Die 3 Schwämmchen und Lappen würden da gar nicht auffallen. Vielleicht schaffte ich es ja sogar noch, diese wieder wegzuräumen. Ich schob den Eimer umgedreht vor den Schrank und stellte mich drauf. Gut ausbalanciert hob ich den Karton übermeinen Kopf und stellte mich auf Zehenspitzen. Da klingelte es. In diesem Moment zerbrach der Boden des Eimers und ich rutschte etwa 40 cm nach tiefer. Der Inhalt des Kartons ergoss sich über mich. Zudem rumste es laut. An der Tür klopfte es. „Isolde?" Rainer war da und klopfte nochmals. „Alles okay?" Immer musste er sich Sorgen machen. Ich zog die Windelhose vom Kopf, welche auf mir landete und sah noch, wie der

270

goldene Ring wieder einmal unter das Bett rollte. Bis zu den Knien hatte ich den roten Plastikeimer sitzen. Ich lag ausgestreckt vor dem Schrank inmitten vieler Cleopüppchen und versuchte meine Beine aus dem Eimer zu ziehen. Doch irgendwie tat sich nicht. Ich versuchte zu strampeln, aber meine Füsse hatten gar keinen Platz zu strampeln. Die Spitzen des zerbrochenen Eimerbodens hielten meine Beine fest. Ich richtete mich auf und begutachtete das Schlamassel. Dann versuchte ich den Eimer über meine Beine zu schieben. Aber nicht einmal das schaffte ich. Fest sass das rote Plastik auf meinen Beinen. Ich war ja jetzt auch nicht so gelenkig, dass ich hätte irgendwelche Yogastellungen machen können um den Eimer abzustreifen, nein, im Gegenteil, ich war eher sehr ungelenkig und konnte nur mit den Fingerspitzen den Eimer erreichen. So sehr ich mich auch streckte. Mein Bauch war im Weg. Ich schwitzte bereits von meinen Übungen. Es klingelte wieder. „Isolde!"

271

„Ich komme gleich!" rief ich zurück und blieb liegen.

Ich konnte nicht kommen. Es gab keine Lösung.

Meine Beine waren zu dick, der zerbrochene

Eimerboden spitzig und meine Arme zu kurz. Ich

wollte weinen und begann auch schon etwas zu

jammern. Vor der Tür steht Hilfe, dachte ich. Aber

nein, das ist so peinlich. Ich jammerte lauter. An der

Tür wurde es auch lauter. „Isolde, mach doch auf!

Ist alles in Ordnung? Weinst Du?" Ich robbte auf

dem Boden aus dem Schlafzimmer. Laufen war

nicht möglich, da meine festgeklemmten Füsse

nicht einmal Millimeterschrittchen machen konnten.

Sie konnten gar nichts machen, sie waren fest

einbetoniert. Robben war die einzige Lösung. So

robbte ich Richtung Wohnungstüre. „Ich habe ein

Problem." Aber ich hatte nicht nur ein Problem. Ich

hatte auch das Problem, dass ich nicht an die

Türklinke kam. Aus meiner Liegeposition streckte

ich meinen rechten Arm auf. Das war geradezu

lächerlich. Die Türklinke konnte ich so nicht

erreichen, ich musste aufstehen. „Aber Du darfst nicht lachen!" Wackelig versuchte ich aufzustehen. Auf Anhieb schaffte ich es auch und tastete mich an der Türe hoch. Es war gar nicht so leicht mit fest einbetonierten Beinen aufzustehen, das grenzt tatsächlich schon Akrobatik. „Du machst es aber spannend!" rief Rainer. Ich klinkte die Türklinke herunter und rief:" Warte kurz, ich sage Dir Bescheid, wenn Du hineinkommen kannst." Dann legte ich mich wieder auf den Boden und robbte von der Türe weg. Rainer hätte mich sonst umgestossen, wenn er die Türe sofort geöffnet hätte. Bevor ich „Jetzt" rief, stand er schon in der Wohnung und schaute erst einmal verblüfft. Ich lag wie eine Meerjungfrau auf dem Boden, nur, dass meine Füsse keine Schwanzflossen hatten. „Na, das ist ja eine Überraschung!" Tatsächlich? „Das ist mir auch schon passiert." kicherte er. Echt jetzt? Ich dachte schon, so etwas kann nur mir passieren....

Nestbau

Es war schon spät, als ich aufgewühlt ins Bett fiel. Es summte in meinem Kopf und in meinem Bauch fühlte es sich warm an. Mein Herz schien irgendwie erfüllt und mein Mund war trocken. Ich war zufrieden. Nachdem mich Rainer aus meinem Eimer befreit hatte, war ich froh, wieder auf eigenen Beinen stehen zu können. Nach dem zweiten Kaffee beschlossen wir, uns ein Schlückchen Rum im Kaffee zu gönnen. Rainer hatte doch tatsächlich einen Flachmann dabei. „Zum Mut antrinken." lachte er. Wir redeten nicht über die SMS und die roten Herzchen. Das wollte ich auch unbedingt vermeiden, aber wir redeten über das Leben, die Arbeit, über Träume und Wünsche. Die ersten kleinen zufälligen Berührungen zwischen uns erzeugten in mir ein kribbeliges Gefühl. Rainer blühte richtig auf. Vielleicht lag es auch am alkoholischen Zuschuss, oder daran, dass er lange nicht mit jemanden geredet hatte. Ich stützte mein Kinn in meine Hand und beobachtete ihn. Er hatte ein kleines Grübchen in der Wange und eine winzige Narbe am Kinn. Seine Augen blitzten munter und öfter kratzte er sich, wenn er überlegen musste, am Ohr. Rainer erzählte von seiner Kindheit und seinen Abenteuern im Garten seines Opas. Er gestikulierte mit seinen Armen und riss die Kaffeetasse um. Rainer sprang auf, seine Hosenbein war nass. Ich lachte. „Mir passieren auch immer solche Unglücke." „Es tut mir leid, Isolde." entschuldigte sich Rainer. „Ach das macht doch nichts." rief ich aus dem Badezimmer und fischte dort nach einem Putzlappen. „Ja, aber jetzt hast Du meinetwegen noch Arbeit." Rainer war es sichtlich peinlich. Ich musste lachen. Irgendwie hatte Rainer ständig einen Grund um sich bei mir entschuldigen zu müssen. Er begutachtete die

Flecken auf seiner Hose und schüttelte den Kopf, als er auch Kaffeeflecken auf dem Boden sah. Ich überreichte ihm ein trockenes Tuch und putzte mit dem Putzlappen den Tisch ab. „Wenn ich einmal Kinder haben werde, muss ich sicher auch ständig etwas aufputzen." „Du willst Kinder?" Rainer war erstaunt und schien irgendwie erfreut. „Ich dachte...." Er kratze sich am Ohr. Ich putzte auf dem Boden herum und schaute zu ihm hoch. „Ja sicher. Ich liebe Kinder." Ich liebe Kinder? Sicher? Eigentlich hatte ich darüber noch gar nicht nachgedacht ob ich Kinder möchte oder nicht, aber jetzt, in diesem Moment war ich mir sicher. Rainer kratzte sich nochmals am Ohr und sagte: „Dann habe ich Deine SMS wohl falsch verstanden." Oh nein, diese Nachrichten wollte ich gar nicht ansprechen, sonst musste ich tatsächlich noch etwas er klären. Ich lenkte ab und sagte: „Wir können auch auf dem Balkon sitzen.

Wenn wir dort etwas verschütten, dann fällt es gleich in den Vorgarten." Rainer schaute über die Brüstung des Balkons. Im Vorgarten hüpften die Spatzen in der Abendsonne oder sassen faul auf den Spitzen der Latten des Holzzaunes und putzten ihr Gefieder. „Hier ist es richtig schön." sagte Rainer. Ich nickte und schaute mich melancholisch um. „Aber bald muss ich hier raus, das Haus wird abgerissen." „Was?! Das ist aber schade! Dann musst Du ja eine neue Wohnung suchen." Ich nickte wieder. Rainer kratzte sich am Ohr und schwieg. Eine Spatz landete auf meiner Balkonbrüstung, beäugte und mit schiefen Kopf und flatterte dann weiter. Im Schnabel hatte er Gräser und Halme. „Schau, die bauen ein Nest." Rainer zeigte nach oben. Zwischen Dach und Dachrinne wurde emsig an der neuen Vogelvilla gebaut. „Ob die auch Platz für mich haben?" fragte ich und lachte. Isolde hockt im Vogelnest.

„Und die Vogeleltern füttern Dich mit Würmern!" Ich schüttelte mich. „Ihhh, Würmer habe ich nicht so gern." Rainer lachte auch. Er legte seinen Arm um meine Schultern und sagte: „Wenn Du keine Würmer magst, musst Du Dir Dein Nest woanders bauen."

Die Autorin Marika Thommen, schreibt seit 20 Jahren Bücher, Gedichte und Geschichten, Erzählungen, Reise - Posts und Artikel aller Art und veröffentlicht mit „Isolde" ein weiteres ihrer Werke in einer neuen Form der Erzählung.

„Ich bin ein sehr kreativer Mensch", so die Autorin. „Beim Schreiben kann ich direkt in der Geschichte verschwinden und somit in vielen Rollen verschmelzen.

Dieses Abtauchen in das Geschehen

ist für mich wie eine Reise. Es macht Spass und ist

spannend zugleich.

Isolde - Herzerfrischende und zum Schmunzeln

oder auch zu herzhaftem Lachen anregende

Geschichte einer unbekümmerten, oft ins

Fettnäpfchen tretenden liebenswerten jungen

Frau...

Isolde - Reihe, bestehend aus 4 Folgen

Isolde 1/4

erschienen in Neuauflage 2021 im BOD Verlag

Isolde 1/2

erschienen 2020 im BOD Verlag

Isolde 3/4

erschienen 2021 im BOD Verlag

Isolde 1.0

erschienen 2021 im BOD Verlag

Isolde ¾

ISBN 9783752673227

erschienen 2021 im BOD Verlag

Autor: Marika Thommen

Titelbild: A. Knobloch (Jewels Skindeep Art)

Alle Rechte in

Schrift und Grafik bei jeweiligem Künstler

Herstellung und Verlag: BoD – Books on Demand,
Norderstedt